本多 寿著

詩の中の戦争と風土

—宮崎の光と影—

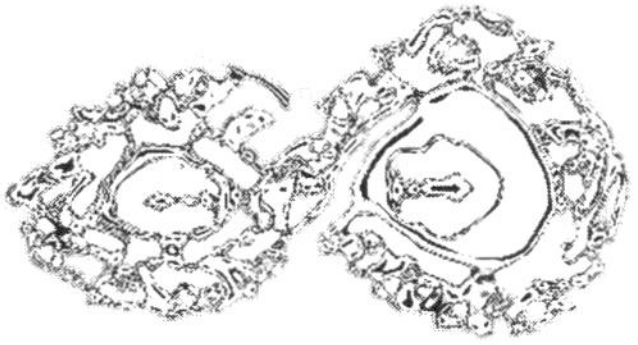

南方新書
1

目次

目次

詩の中の戦争と風土——宮崎の光と影

真田亀久代の世界

（一）

日南海岸の堀切峠を過ぎるとサボテン公園がある。太平洋に面した山の斜面に多種多様なサボテンが植栽されていた。海外旅行も今のように安易に行けなかった時代、南方をイメージして造られた公園だが、現在、往時の賑わいはない。

このサボテン公園をモチーフにして書かれた秀作がある。「サボテンの岡」と題する真田亀久代（一九一〇〜二〇〇六）の作品である。日南海岸の景物をモチーフに多くの詩を書いている。戦後、朝鮮から引き揚げて都城に住み、一時期、文芸誌「龍舌蘭」に所属した。

サボテンの岡

真田亀久代の世界

サボテンの岡には
イスラエルのむすめたちがいる

生き埋めの埋葬から
もだえて　はみだした足たちがいる
植物のようだが　じつは腫れた肉質

むすめたちは足で目を見ひらき
むすめたちは足で空をたたき
むすめたちは足で生きつづける

泥よりも重い涙を泣きかねて
青い胆汁でみたされてしまった
ゆがんだふくらはぎ

ひきつったすね
うちわのようなレプラのあしうら

サボテンの岡にのぼって
堪えがたいとはいうな

毛根の針をまばらに残した
麻痺症のひざがしらに
赤とオレンジのリボンを結んで
やさしい約束を果せなかった
むすめたちが
だまって眺め入っている
ストロンチュウムにみちみちた海を
こわれる日もま近い

まるい大オルゴールを
エルサレムのむすめたちは
観光案内図をくれる

もうガスの匂いにもおびえはしない
足たち
ぬかれる髪はひとすじもない
足たち
足より他によりそうものをもたない
むすめたち
かわいい骨粉をなめずりながら
足は生え
足はふえていくだろう

むすめたちは足で目を見ひらき
むすめたちは足で空をたたき
むすめたちは足で生きつづける

詩集『安座』（一九七七年・矢立出版刊）

ここには一読、二十世紀に人間が引き起こした戦争による残虐行為への強い抗議がある。戦争の世紀を生きた女性詩人の未来への深い愛がある。

特に、アウシュビッツでのユダヤ人虐殺に対する真田の想像力のありように、ヒロシマ・ナガサキ・チェルノブイリ・フクシマなどに対する向き合い方を学ぶ必要がある。

（二）

「サボテンの岡」に見られるような真田の批評精神は、いったいどのように育まれたのだろう。後年、日本のマザー・グースの一人と呼ばれた詩人の略歴を簡単に追ってみよう。

真田亀久代は日本が韓国を併合した一九一〇年（明治四三）に現地で生まれ、現地の小学校を卒業した十二歳の時に広島県立尾道高等女学校に入学。女学校を卒業すると韓国に戻り、京城師範学校を経て、慶北尚州小学校に勤務する傍ら、自由詩に興味を持つ一方、小学生の時に出会った「赤い鳥」に童謡の投稿を始めている。そこで「赤い鳥」の主要メンバーである与田準一、巽聖歌、新美南吉らから励ましの葉書をもらうようになり、鈴木三重吉や北原白秋らからも葉書をもらったという。「それらが、韓国の生活の中での唯一のなぐさめであり、励ましだった」（「まいごのひと」より）と述べている。そして敗戦の一九四五年、すべての蔵書を早稲田の学生だという韓国青年にゆずって帰国。宮崎県南部の都城市に三十六年間暮らし、一九八二年に京都に移り住んでいる。

戦前に、幼年雑誌「コドモノクニ」の投稿仲間だった、まど・みちおと出会い、生涯にわたって深い交友をつづけた。また、「昆虫列車」（一九三七）の創刊同人として活躍する。詩集には童謡詩集『えのころぐさ』（一九七三年刊）『まいごのひと』（一九九二年刊・新美南吉児童文学賞・第二三回日本童謡賞）と詩集『安座』（H氏賞最終候補・一九七七年刊）がある。
「まいごのひと」という中国残留孤児がテーマの詩がある。読んでみよう。

まいごのひと

まいごのひとが　帰って来た
とおい中国から
三十年もたって

羽田空港は　しずかだった
あのジャングルからかえって来た
兵士を迎えるようには
ざわめかなかった

タラップをおりて来たひとは
はぐれた日のように
すこしおびえた　まなざしで
むかえのお姉さんに答えていた
とめどなく頬を伝う涙を
消えてしまったことばのかわりにして

まいごになった年《とし》とおない年《どし》の
三つの坊やの手をひいて
「ここがおとうさんの国だよ」と
中国語でかたりかけていた

はぐれたあの日までは
幼いやわらかい舌の上で
しろ蝶のように生まれはじめていた
かずかぎりない日本のことばが
はねをひらかないままで
消えていった
あの日をさかいにして

幼いまいごは
やがて
あたらしい父と母に出会った
あたたかい土のにおいのしみた
大きな手が
ひもじさとさむさから

まもってくれた
消えていくことばのあとに
新しいことばがふきかえられていった
お日さまも　空も　雲も　畠も……

まいごは　まいごであることをわすれ
泣きさけんだかなしい日をわすれ
あまえた父や母をもわすれた

まいごのひとがかえって来た
とりかえしもつかない三十年を
しずかにはにかんで……
やさしいひとにちがいなかった

みんなのかわりに
なにかを背負っているようにみえた
とても重そうな
みえない荷物のようにみえた
——日本の国のつぐないを
ひとりでひきうけているみたいな
——みんなのための道しるべになって
じぶんをさらしているみたいな

（三）

「敗戦と引揚げのあとで、わたしには詩が必要であった。／大きな衝撃と落魄の果てに、誘導路のように開けて見える、すぐれた先人の詩が、私を救ってくれた。…（中略）…自分の行く手に、人生の重いネガティブをじっと置いてみることで、日常生活の窮乏の重さに堪えた」と、詩集『安座』の「あとがき」にある。

真田亀久代は朝鮮から引揚げて以来、三十六年を都城で暮らしたが、この間、山川草木だけが信じられると思っていた節がある。自然は嘘をつかないからである。その自然を見据え、童謡詩を書くときも、自由詩を書くときも、その行く手に最も大きな人間の愚行である戦争を見ている。しかし、それは侵略国家日本の一員としての罪の意識と、生育地である故郷韓国への断ちきり難い愛憎のアンビバレントな思いに揺れている。

それはさておき、日南海岸の奇景をモチーフにした「鬼の洗濯岩」を読もう。

鬼の洗濯岩

どんな布が
おまえをこんなに損傷したのだろう
おまえの洗濯板を

牙で裂かれた白い布を
おまえは泣きながら洗いつづける
そして
汚れはおちたのだろうか

くらいふるさとの汚れ
たやすくはおちない汚れを
たたきつけては洗って
白い馬毛の毛布は
毛ばってちぎれて飛び散る

どんな汚れが
おまえをこんなに削りとっていくのだろうか

おまえのこけた頬を伝って
ごうごうと石鹸水が流れる

きょうも
くらい海のむこうから
すりむけたおまえの膝がしらをめがけて
うずたかい洗濯物が送られてくる
吠えるベルトにのせられて

骨を包んだ布
焼けあとのある布
かわいた血痕と弾あとのある布
そして　にぶ色の灰の汚れ
罪の日付のある

いっぱいの汚れが
水けむりをあげて
おまえの上にゆだねられるのだろうか

最後に、擬人化された「鬼」は、永久に泣きながら洗いつづける。故国日本の犯した過ちを。頬がこけても、膝がしらがすりむけても洗いつづける。洗っても、洗っても落ちない罪の数々を洗いつづける。自分の罪ではない罪を。真田亀久代も洗いつづける。先に紹介した「まいごのひと」にも一貫している真田の態度が見てとれる。

（四）

真田亀久代は引揚げ前から宮崎県は住みやすいと聞いていたということで、特に縁故があったわけではないらしい。しかし、彼女のふるさとであって、彼女の国ではない朝鮮から引揚げて三十六年間も都城に住んだ。その都城をテーマにした「霧の街」という詩の一部を読んでみよう。

霧の街

この街の人たちは
霧の中で目をこすり
霧の中でねむりにおちた
霧は人びとの視角をさえぎり
霧は朝寝をゆるした

霧は街から時計台を奪い
時間はゆっくりと人びとの後を追った
追われることのない時針は

あとへ帰る日もあった

霧にぬれそぼった人たちは
ふきたまった火山灰土に
足をすくわれながら
砂紋の縞を伏目がちにあるいた

この街の人たちは
台地の安泰をむさぼって暮した
南の海からやってくる
暴っぽい客におそわれても
野鳥のように　そそくさと
羽づくろいするのがうまかった

真田亀久代の世界

霧の晴れ間には北西の空に
霧を名づけた
コニーデ型の山が浮きあがり
古い神たちが白衣をまとって現れると
幟を立ててひれ伏す一隊も通った

この街は霧の中で
うとうとと再び寝入る
対岸には撃たれて泣き叫ぶ声が続いても

岡の演習場のくさむらで
半日を並んで吹きならす
ラッパ手たちの行進ラッパが
蘇鉄のかげの養老院に

いたいたしい記憶をかきたてにいく

この詩には名峰霧島を望む風土に対する真田の認識が読み取れる。火山灰が降り、たびたび台風に襲われる暮し。しかし人々は「野鳥のように　そそくさと／羽づくろいするのがうまかった」という。戦後、宮崎は台風銀座と呼ばれていた。戦火に焼かれバラック建ての多かった暮らし。壊れた家も簡単に建て直しができた。貧しくても秀峰霧島山を望み未来に希望をつないでいたのだろう。だが見知らぬ引揚者に対しての排他的な視線があったことも窺われる。台風が去ったあとには積乱雲が古い神のように立ち上がるという把握。しかし、都城には大陸へ兵士を送りだした旧陸軍歩兵二十三連隊があった。今の自衛隊第四十三普通科連隊である。この駐屯地から行進ラッパが聞こえてくる。そのラッパの音が、嫌でも人びとの戦争の記憶呼び覚ます。とりわけ真田は敏感に。折しも朝鮮半島では朝鮮戦争（一九五〇年六月）が勃発。真田亀久代の中で戦争への憎悪と平和への希求がゆれる。

嵯峨信之の世界

（一）

かつて大淀河畔に神田橋旅館という老舗旅館があった。橘橋の北詰を東に少し入ったところで、朝日新聞宮崎総局の東側である。この辺りはもう海に近く、はっきりと潮の干満が見られる。特に干潮の時は鬼の洗濯岩と呼ばれる波状岩の川床が現われる不思議な河口である。今は両岸とも護岸がされ、河川敷が整備されているが、昔は砂浜がひろがり材木などを運ぶ帆かけ舟が往来していたのだろう。対岸の城ヶ埼は廻船問屋を中心に栄えた港で遊郭などもあったらしい。「赤江城ヶ埼や　撞木の町よ　金がなければ　通られぬ」と唄われた街で、撞木も鐘がなければ鳴らしようがないことに掛けて、「金がなければ通られぬ」と洒落たのだ。こんな猥雑な賑わいの右岸の街とはちがい、格式のある旅館の並ぶ左岸で少年時代を過ごした嵯峨信之は都城出身の詩人。神田橋旅館は縁戚にあたり、ここに住んで中学校に通ったらしい。この時代の思い出を下敷きにして書かれた美しい詩「川ぎしの歌」をがある。

川ぎしの歌

その日あなたは多くのことを話した
だが多くの言葉のなかで一語だけが絃《げん》のように高らかに鳴った
余韻はいまもつづいている
ぼくは川かみへのぼっていく白い帆をあかず眺めながら
穏やかにすぎてゆく一日のなかに余韻がいつまでもふるえるのを感じる
何かが自然に傾斜し
なにかが自然にもとに還る
跡かたもないことが行われたようにしずかな砂地がつづく

しかしよく見ると砂の上に
かすかに翼の跡が残っている
運命はまたしてもぼくのなかを通りぬけて行ったのだろう

—神田橋旅館で—

今はもう失われてしまった風景だが、何という美しさだろう。もちろん、当時の風景がそのまま描写されているわけではなく、詩人の心象が言葉を通して造型されたものだ。

「多くの言葉の中で」で「絃のように高らかに鳴った」一語は明かされないが、砂地に残された微かな翼の跡のように残っているという卓抜な比喩。しかし砂に翼の跡を残した鳥はいない。ただ余韻、あえて言えば若き日の純粋な恋情がふるえているのだ。

（二）

嵯峨信之（一九〇二～一九九七）は現在の都城市牟田町で生まれている。両親は熱心な日本キリスト教信者であった。旧制宮崎中学を卒業後、東京の高輪高校に入学するも二度放校になり、十七歳の時に退学している。十六歳の頃に詩に目覚め、深い共感を覚えた萩原朔太郎と一、二度の文通をしたという。二十歳の時、前橋の高橋元吉氏の食客。萩原朔太郎と三人で敷島公園や利根河原を歩く。二十一歳の時に菊池寛の文芸春秋社に入社。詩を離れる。当時田端に住んでいた朔太郎を芥川龍之介と訪ねるが不在。のちに、朔太郎と龍之介二人の会見を見なかったことを終生の恨事と述べている。三十四歳で文芸春秋を辞め、戦後の一九四七年（昭和二二）詩壇の公器といわれる「詩学」創刊に関わり、亡くなるまで詩人育成に貢献した。

一九五七年（昭和三二）五十五歳で第一詩集『愛と死の数え唄』（詩学社刊）を出版、九十五歳で死ぬまで第一線の現役詩人として活躍。『土地の名〜人間の名』（一九八六・詩学社刊・現代詩花椿賞）『小詩無辺』（詩学社刊・一九九四・芸術選奨・現代詩人賞）などの詩集を残して九十五歳で亡くなっている。「詩学」の投稿欄から出発した私も、生前に何度かお会いし励ましの手紙をもらったこともある。また、折あるごとに宮崎に帰省し地元の詩人たちとも交流していた。晩年には宮崎に家を購入しようとして果たせなかったというエピソードも残っている。

それだけ宮崎の風土を愛していたのだろう。大淀川河口はもちろん、住吉海岸、折生迫、高鍋、関の尾の滝（都城）、油津、旧赤江村などをモチーフにした詩が残されている。『愛と死の数え唄』のフラグメントを見てみよう。

*

ぼくのなかに
ぼくのなかにどこまでも長く突き出ている堤防
朝やけの大淀川
そのすべてを静かに消そう
目まぐるしい愛にむかって
反抗の歌をながくながくふるわせよう
それからそのピアニシモに最後の憩いをもとめよう

戦争の世紀に、愛と死の抒情詩をもって抵抗しつづけた詩人嵯峨信之。彼の詩精神は剛直なものに対するに愛という柔軟な武器で立ち向かったのだ。イエスのように。

（三）

＊

きゅうにぼくが立ちあがると
つづいて傍らのひとりもたちあがった
絡みついてくる蔓がもう冷えていて
少しはなれたところで黄葡萄の小さな房がちりりっと動いた
奥の繁みに射しこんでいた河明りがみるみる消えはじめた
大きな鳥が一羽あわただしく飛びたった
汐くさい獣のように満潮の入江が膨らんでいる

ぼくたちは笹藪のところの小橋を渡った
松林と松林とをつなぐまだ温もりのある砂地を通った
遙かな町へとつづいている長い堤の上に出ると
もうすっかり暗くなった入江に
鯊を捕らえる松明の遠い火が
いくつもいくつも水面に揺らいでいた

—大淀川河口

この詩の光景は現実の河口を描きながら心象風景となっている。それは「きゅうにぼくが立ちあがると／つづいて傍らのひとりもたちあがった」というのが生と死の比喩だからである。誕生と同時に肉体に宿る生と死。生きるということは、死を道連れの旅なのである。その生と死の天秤が死の重みでバランスを壊しているようだ。「絡みついてくる蔓がもう冷えていて」葡萄の葉の「奥の繁みに射しこんでいた河明りがみるみる消えはじめた」とつづき、「大きな鳥が一羽」飛び立ったあと、「獣のように満潮の入江が膨らんでいる」と展開するのは、詩人の心が死に傾いて、もうじき死に呑み込まれるのだという思いを現わしている。あるいは自殺を決意していたのかもしれない。だからこそ「鯊を捕らえる松明の火が」遠くに見えるのだ。すでに魂はこの世の岸を離れてしまっている。

嵯峨信之は一九八八年、既刊詩集からセレクトした詩篇を集めて『OB抒情歌』を出しているが、その「あとがき」に「一九四五・八・一五日の天皇の敗戦終結の言葉を大阪の梅田駅の地下できいた。その日からまもなく、かつて経験したことのない政治的な巨大な重圧に打ちひしがれる生活が始まった。頭から足の先まで、すべての自由をわれわれは奪われたのである。詩を書こうとする気持ちが徐々に出て来た」と述べている。長い戦争を経験し、広島・長崎への原爆投下によって終結した戦争。文芸春秋での二十年余の生活を「時事物編集の雑誌屋だった」とも述懐している詩人に圧しかかった戦後の重圧を思う。

（四）

これまで見てきたように嵯峨信之の詩は愛と死をめぐって生の課題をメタフィジックに追

及する。どこにでもある風景をモチーフにしながら深い生の認識をひそませている。そうした認識から生まれた秀作「ヒロシマ神話」を紹介しよう。

ヒロシマ神話

失われた時の頂きにかけのぼって
何を見ようというのか
一瞬に透明な気体になって消えた数百人の人間が空中を歩いている

(死はぼくたちに来なかった)
(一気に死を飛び越えて魂になった)
(われわれにもういちど人間のほんとうの死を与えよ)

そのなかのひとりの影が石段に焼きつけられている

（わたしは何のために石に縛られているのか）
（影をひき放されたわたしの肉体はどこへ消えたのか）
（わたしは何を待たねばならぬのか）

それは火で刻印された二十世紀の神話だ
いつになったら誰が来てその影を石から解き放つのだ

原爆の投下により一瞬にして地上から消えた人々。ある人は熱線によって影だけを焼き付けられた。だが、敢えて言おう。原爆によって死傷した人々だけが戦争の犠牲者ではない。機銃掃射によって、あるいは焼夷弾投下によって全国津々浦々の街が焼かれ人々が消えた。宮崎も例外ではない。死者は石に焼き付けられただけではなく、生き残った者たちの胸にも刻印された。ヒロシマ・ナガサキだけを特殊化してはならない。そういう意味では戦争による犠牲者のすべてに「人間のほんとうの死を」与えなければならない。

憎むべきは戦争をやめられない人間のありようだ。二十一世紀になっても核軍縮は進まない。そして二〇一一年三月十一日の東日本大震災と津波と福島原発事故による放射能漏れ。これらは、ひとり東北の問題に終わらない。また、環境問題や食糧問題。石油などの資源問題。グローバル化による貧富の拡大により増加する難民。地球という小さな星で起きる出来事のすべては宮崎での出来事でもあるのだ。人間も動植物もシャボン玉のような地球でしか生きられない当事者だ。すべての人間に責任がある。地球環境の保全と回復のために、すべての軍事費を投入できたらどんなにいいか。

富松良夫の世界

（一）

都城で生まれ育ち、都城で生涯を終えた詩人に富松良夫（一九〇三〜一九五四）がいる。先に紹介した真田亀久代は移住者、嵯峨信之は離郷者であったのと違って、風土への眼差しに独特のものがある。まずは、その代表作「秋と霧島」を読んでみよう。

秋と霧島

風に洗われるので
山も痩せてきた

おまえも旅人、わたしも旅人
空にいんえいのない深い時がきた
その胸のうちには冷たい水
口にふくむのはわたしひとり
岸壁をななめに削り
掘っても掘っても炎にはとどかぬ

ここは山のもろ膝だ
もう少しわけ入ってみよう
い、い、い
しきよくの世界のおそろしさ
純血精のように紅葉の谷

風におそわれるので
山も痩せてきた

ただごとでないその痩せかた
だれかのきょうの似すがただ

おまえも旅人、わたしも旅人
さっさっと何を急ごう
山膚をなで、山の根をさすり
わが胸の底の炎は消されはせぬ

富松良夫は六歳の時に不治の病である脊椎カリエスにかかり、叔母の背に負ぶわれて尋常小学校に通ったという。一九二五年には桜馬場教会で洗礼を受け神父からフランス語を学んでいる。幼い時から読書を好み、さらに音楽や美術にも造詣を深めていった。旧薩摩藩の気風が強く残る風土の中で、ほとんど都城を出ることなく生涯を終えたが、その活躍は文学に限らず評論やラジオ脚本にまで及び、地域の文学青年たちに多大な影響与えた詩人である。体は不自由で行動範囲も限られていたが、その精神は宗教と文学に支えられて意外に強靭であった。

掲出の詩には火の山霧島に仮託して、己が熱情をパセテイックに謳いあげている。また激しいエロスも流出して、単なる叙景詩を超えた作品となっている。さらに、山も自分も旅人という認識に、芭蕉の「月日も百代の過客」と同じ認識が感じられる。まあ、よくよく考えてみれば地球もまた一個の生命体であり、宇宙の旅人でもある。誕生から四十六億年も経てば地球も痩せるし老いもする。その象徴としての霧島山との生命の共振がある。

（二）

さて、富松良夫の影響下にあった人々は、「秋と霧島」に垣間見えるエロスについて論じることがなかった。宿痾を負い、敬虔なクリスチャンであった富松の「しきよくの世界」をタブー視していた。それは、芸術と信仰に生きる富松を聖化することでもあった。しかし芸術家である前に人間である。エロスとタナトスは生の両輪であり忌むべきものではない。それを避けて通ることは作品を無味乾燥にしてしまう。特にエロスは作品に艶を与える重要な要素なのである。周囲が富松を聖化すればするほど富松自身も語りにくくなったのではないか。死後に日の目をみた「現身」という詩に彼の苦悩を知ることができる。

現身

フト気ヅクト
ワタシノ現身ヲ
颪ノヤウニ時間ガナガレテイルコトガアル
ワタシノ意識ニ
血ガ　熱サガ　アラシガナク
澄ミワタッテイル身体ニ
青イスクリンニ映リ
エイエンノ鐘ヲウッテイル
ソウシタトキガ

富松良夫の世界

イツモワタシニアレバイイ
頭蓋ノ隅デ
ムツカシイネヂガ巻カレ
電気時計ノセイカクサデ
神経線維ガネヂレハジメ
ケツエキハ
パラフィン紙ノ粉デギラギラ光リ
イッピキノ蛇ガ
ワタシノ眼窠ノナカデ
舌ノホノホヲ燃ヤストキ
アアドウニカシテ
ワタシハワタシデナクナリタイ
カミサマノウシロカラ
紺碧ノミコロモニカクレナガラ

星イッパイノカンムリヲ
ユビサキニ掲ゲテ
アアサビシイト
ナゲイテイタイ

キリスト教や仏教を問わず、修道士や修行僧にとって、先天的に人間に備わっている性欲・食欲との闘いは女色や食欲を断つというかたちで身を浄め、平安や悟りを得ようと苦悩してきた。一旦、悟りを得て解脱したかに見えても、性の炎はなかなか鎮火しない。だからこそ祈り、神にすがるのだ。心と体は分離不能である。体が性に目覚めれば心も目覚めるのだ。もしそれを不健康だとか猥らといって押し殺してしまえば、もう人間は人間でなくなる。ただ、その性欲を野放しにしないで抑制し得るところに人間の人間たるゆえんがあるのではないか。こうした苦悩を真面目に苦悩できるところに富松の魅力がある。

（三）

富松良夫は戦中も自宅を開放し、レコード鑑賞会を開いたり学習会をしたりしながら戦争一色の風潮の中でも清節な魂を保っていた。そして一九四五年八月十五日の敗戦。彼はこの日をどういう気持ちで迎えたのだろうか。その日のことを書いた佳篇「村」を読もう。

村

遠い樹に、日ぐらしが啼く、
林がないのに、それは林の木霊だ、
かな、かな、かな、と
あの山村の黄昏《たそがれ》になきしきる
暑い、ものうい、ながいこだまだ。
——日がすぎた、あの日は遠い、

戦いが終ったとき、わたしがいた村、
茫然と、孤独《ひとり》で、「カラマアゾフ」を読みつづけた村、
アリョーシャのように
長老ゾシマの高貴な死屍に腐臭をかんじた村、
（奇蹟とはいったいなんであろう）
腐臭をかんじ
しかも腐臭のなかにたち
ふきちぎれる心の脈管を抑えて
わたしが寝ていた村
寝ていて、アリョーシャのように光をかんじた村、
（屍臭のなかのなんというたましいよみがえりであったことか）
ああ降りつむ日ぐらしの大乱《らんじょう》声のなかに
仰ぎつづけた林の上の夕映の空、
かな、かな、かな、と

きょうふるさとの明るい縁のわたしに
ふりかかってくるあの日の声は
友よ、そうした日にわたしを訪れてくれたあなたの友情をも彷彿させして
切々とわたしの心の峡に落ちてくるのだ。

その日は暑かった。都城盆地の暑さはいかばかりだったか。その炎暑のなかで心を鎮めながらドストエフスキーの「カラマーゾフの兄弟」を読んでいた。信仰と戦争について考えていたのだろうか。キリスト教では「殺すことなかれ」というのが根本思想であるが、兵士は殺すために戦地に送られ夥しい死者が出た。富松の弟もまた戦地にあったが、ともかく多くの犠牲者を出して戦争は終わった。しかし戦後とはいっても時代の空気の中には死臭が色濃く籠っていたはずだ。富松良夫が「村」を発表したのは一九四六年、敗戦の翌年である。一年を経ても死臭の中から甦ってくる多くの戦死者。その無告の声に蜩の「かな、かな、かな」という鳴き声を切なく聴いたのだ。不条理な人の世の醜さと美しさと、共々に引き裂かれながら。

（四）

論語に「哀而不傷」という言葉がある。「哀しみて傷《やぶ》れず」と読むそうだ。歌人の山埜井喜美枝は、これを下敷きに「かなしみて傷れずといふ言葉ひとつ忘れぬやうになくさぬやうに」と詠んだ。たとえ想像を絶する哀しみがあっても、心だけは傷つけないようにとの願いを込めた歌だろう。この歌に照らして富松良夫の生涯を考えてみると、まさしく「哀而不傷」の生き方を貫いた一生だった。不自由ではあっても不幸ではなかった。それを証明するような詩がある。「五月と樹木」である。

五月と樹木

みどりに包まれて
こうして生きている

ふと気づいてみると
なんと、あたりの
樹木の多いことだ

樹も生きているからこの世は樹木の世だと
かんがえながら伸びるのだろう
人間の住むのは
樹木のためなんだと。

あるいていて
ふと立ちどまる
あゝ君がそこに立っていたのか
みどりのなかに
その、君の白い花が咲いている。

みどりに包まれて
こうして生きているが
ふと気づいてみると
なんと、あたりの
樹木の美しいことだ。

木の葉はさやさやと
風に吹かれつづける
君のすがたは不動
甘美な樹木の味が
こずえにむかってのぼるばかり。

樹は生きているから
この世は樹木の世だと

かんがえながら伸びるのだろう
樹木の立っているのは
人間のためなんだと。

しょせん、人間の世はまだ負だ
澄みとおる君のエスプリにならい
白いシンジツの花を
咲かせるのは
いつのことになるやら。

これは富松の死後に出版された詩とエッセイ集『黙示』(一九五八年・龍舌蘭社刊)に収録されている。富松良夫が到達した清澄な世界だ。「人間の住むのは樹木のため」「樹木の立っているのは人間のため」という認識のありように驚く。そして「しょせん、人間の世はまだ負だ」という達観とも諦めともとれる一行の鋭さ、そして哀しさ。彼の死後六十年が過ぎようとする二十一世紀初頭、この一行の意味はますます新しい。

人間がいなくても自然は生きられるが、自然無くして人間は生きられない。「あゝ君がそこに立っていたのか」という発語は、樹木と人間の存在が対等であることを示唆する。

伊藤桂一の世界

（一）

日の出

海からさしのぼる陽をみていると
海が陽を分娩するのだ　ということがわかる
丘の突端で草を食んでいる野生馬は
陽ののぼる時に一度だけ顎をあげるが
あとはまた無心に草を食みつづける

馬もまた　いつとはなしに
この岬の草木のあいだから　分娩されて来たものだろう
「都井岬」

これは詩人で直木賞作家でもある伊藤桂一（一九一七〜　）の詩である。この地の詩人たちとの縁が深いこともあって、たびたび訪れて宮崎をモチーフにした多くの作品を書いている。

宮崎の南端にある都井岬は野生馬で知られた岬である。高台にある灯台からは弓なりになった水平線が望める。かつて高鍋藩の軍用馬育成のための放牧地だった。

この岬には「都井の岬の青潮に　入りゆく端に独り海見る」という若山牧水の歌碑が建っているが、ここから望む海のひろがりは視野に収まりきらないほどだ。

それにしても、この詩のスケールは大きい。海が陽を分娩するというのは、海から昇る朝日を見たことがある者なら、そう驚くほどのものではない。しかし、馬が「この岬の草木のあいだから分娩される」というイメージには驚く。牧水の歌の平凡さに比べると、さりげないようでいて陰影が濃い。

馬が、草木のあいだから分娩されるというのは、もちろん詩人の想像力の産物である。もっと言えば虚構である。しかし嘘か真かは問題ではない。信じられるか信じられないかが問題だ。現実にそんなことがなくても、言葉の世界ではあり得る、詩の世界である。こうした詩を知ってしまった以上、岬に立てば、きっと岬の光景が変わって見えるだろう。放牧された馬の出産シーズンなどに訪れれば、さらに草木の間から分娩されたと思えるに違いない。

これは言葉によって創られたものだが、リアリティをもって感受できる。

まあ、それはさておくとして、土地の生活者としてではなく旅人の余裕ある眼差しによって、明るく窮屈でない世界が描かれている。

（二）

伊藤桂一は基本的に詩人であり、詩人の魂をもつ作家でもある。騎兵として中国大陸を転戦した経験からノンフィクションの戦記物を多く書いてきた。代表作に『蛍の河』（一九六一年、第四六回直木賞）『静かなノモンハン』（一九八三年、第三四回芸術選奨文部大臣賞・第一八回吉川英治文学賞）などがある。私も縁があってお付き合いがあるが、少しも偉ぶったところがなく、人々から「仏の伊藤」と呼ばれて慕われている。その伊藤に「樹との対話」という秀作がある。

樹との対話

最後に問うべきひとつの宿題を抱いて
樹の前に立っていた

すでに私自身は終っていた
あるいは私は単なる樹へ向う風であったかもわからない

樹を揺らし　それだけで

その重要な質疑の地点を通過したのかもしれない
ただ　記憶のなかに
聴いたかもしれない　あのときの
樹の発した声がある
かれはひとこと
「ここへ来たのは君だけではない」
といったのだ
「君はいちばん遅れてここへ来たのだ」
――と

樹は答えたのではなく
畢竟　わずかに揺れただけだろう

かれは背をゆすり上げるようにして
目を細めて　地平を見ていたのだ

私ひとりのほか　だれも来るはずのなかった
蕭索たる眺望を　樹は見ていたはずである

どこか富松良夫の「五月と樹木」に通うものがある。しかし、厳しい戦争を生き残った伊藤の詩の背後には、戦死した多くの戦友たちが控えている。「最後に問うべきひとつの宿題」とは、それら死者に代わって、見る間に変質していく戦後日本のありように質疑をすることだった。短編「奇妙な思い」という作品の中で「ぼくたちは長い戦いを戦った報酬としてなにも欲する気はなかったが、しかし、だれかれの別なく同じ心情で通じあえる出発点だけは欲しかったのである。…（中略）…同じ国にいて互に断絶し合ってしまえることへの、どうしても問いかけたい質疑が、どこまでも尾を曳き鬱積してきたのである」と述べている。

伊藤にとって、詩も小説も戦争による犠牲者に対する、人々の信じがたい無関心への質疑なのである。こうした質疑は水俣病や福島原発事故に対しても有効性をもっている。

（三）

先の伊藤の質疑を前に、果たして戦後文学は明らかな答をもち得ただろうか。文芸評論家の勝又浩は当時「我々はかつてこのような声を聞いたことがあったろうか。少なくとも私などが、これが戦後文学だと教わり、信じこんできたもののなかには、片すみにさえこんな声は聞えなかったようだ。戦争文学、戦場帰りの文学はたくさんあったが、こんなふうに「質疑」を発したことばはなかったのである」と述べている。

ともかく鬱屈した思いを秘めた伊藤にとって、旅はひとときの安らぎを覚えるものだったに違いない。その旅の中で、特に宮崎の旅は印象深かったらしい。「日向のひと」と題する詩を見よう。

日向のひと

日向のひとはみな
埴輪のこころをもっている
蒼明な天か　または
なにもみていない眼をしている
多くの意味を積みかさねたはての
素朴な無意味のなかに浸っている
みていると明るく　のぞくと暗く
笑うとも泣くともつかず
凝視とも放心ともとれる
あの埴輪の眼をしている
日向のひとはみな
磯を洗う黒潮の情感をもち
あわせて亜熱帯植物の激しさと眠気をもち

あることを為す直前の
なにもしない状態のなかにいつもいる
そうしてやさしい挨拶をする
むこう側の透けてみえる微笑をうかべて

「三日もすれば日向ぼけ」と言われる宮崎の温暖な風土。海岸線まで山が迫り、その山の間をたくさんの川が流れている。河口から直角に川を遡ると山あいに人の住む集落が点在している。山の幸、川の幸、海の幸が豊かで飢え死にすることはない。そんな風土に育まれて生きてきた人びとは概してのんびりとしている。九州の他の県と比較して闘争心が薄い。歴史的に見ても、薩摩の島津や豊後の大友の争いに巻き込まれながら、自ら攻めていったという形跡がない。こうした風土だから、昔から放浪者や病気療養者などが多かった。その代表が「分け入っても分け入っても青い山」の種田山頭火や、「朝まだきすずしくわたる橋の上に霧島ひくく沈みたり見ゆ」の長塚節である。

とにかく宮崎はファジーが魅力。

(四)

伊藤桂一の旅は県内全域にわたっている。作家でもある伊藤は旅の合間を縫って、歴史にまつわる実に多くの取材をし、詩人や作家とも交流をしている。その一々をたどるのも面白いが、この稿の目的から外れるのでやめておく。それよりも、とりわけ伊藤の気に入ったのが西都原。二篇の詩を残している。「ばった」と「西都原の馬」を紹介する。

ばった

西都原古墳の
草の上に坐して
うらうらと陽に溶けながら
自分が自分で失くなりかけていたとき

みなれないばったが一ぴき膝にとまって
じっとこちらをみあげてきた
古代のひとの生れかわりのようなまるい眼をして

西都原の馬

ここには
神武天皇のことを
よく知っているらしい馬がいる
そんな顔つきで
草を食んでいるのだ
ただいま休憩中のこの農耕馬と

うまく交霊できるかどうかによって
この野のいちめんのかげろうのなかから
たちのぼってくる古き幻をみるかみないかがきまる

うらうらと
陽ざし満ち
まるい古墳浮かぶ

どこもかも
時効を終えた
草ばかりの海

短い詩だが、二篇とも何とも言えないエスプリが効いている。ユーモアもある。宮崎の歴史的遺跡のあるところに立つと旅人ならずとも、いわゆる古代幻想が頭をもたげてくる。遠き世の精霊たちと時空を超えた交信をしているような気分になる。そんな気分を幻想的に描き切っている。また、温かな陽射しの中で陶然としている詩人の姿まで彷彿してくるではないか。

ところで、伊藤桂一は馬が好きである。出自をたどると臨済宗の寺の出であるが、幼い時に父親が死んで、母親と大阪に出たあと苦労を重ね、曹洞宗の寺に預けられたこともあるが、結局、僧侶にはならなかった。そして応召され配属されたのが騎兵連隊。戦地での生活は馬とともにあった。嘘のない馬との交流は、血腥い戦場で唯一の慰めだったのだ。

渡辺修三の世界

（一）

普段、私たちが見慣れている風景は名所でも絶景でもなく、何の変哲もない、ありきたりな風景である。唱歌の「故郷」にあるような平凡な山や川があり、田園がひろがっていて日本のどこにでもある風景である。私たちの日常の暮らしは、そのような平凡な風景の中で営まれている。そして詩もまた、そんな平凡な風景をモチーフとして生まれる。概して名所や絶景は詩にならないことが多いのである。

山村冬日

きらきらひかっているのは山裾の畑と

くすの木の森である
山には青い岩
谷間にはねむれる樹木

冬樹の枝は氷のように
ながるる雲は神であろうか
石は沈々とひびきあい
水に映っているのは誰か人の影だ

太陽は村のうえを
野鳩のようによこぎり
子供たちは黄色いよもぎの花を
頭にさした

そして又しても
千年の月日がたったようだ
君と僕がしばし
眠っているあいだに

詩集『谷間の人』（一九六〇年・東峰書院刊）所収

渡辺修三（一九〇三〜一九七八）は昭和初期にモダニズムの旗手として「詩と詩論」や「詩法」といった実験的詩誌で活躍した。紹介した詩は、何処にでもある平凡な山村風景をモチーフに書かれたものである。しかし、渡辺の手にかかると、何でもない風景が斬新な比喩によって異化され、名状しがたい情感が醸し出される。

渡辺は延岡に生まれ延岡中学を卒業後、早稲田大学英文科に入学（中退）、西條八十に師事して詩誌「棕櫚の葉」を創刊。のちに佐藤惣之助の「詩之家」に参加して、一九二八年（昭和三）に処女詩集『エスタの町』（詩之家出版部刊）を出版して注目を浴びながら翌年には家業の山林業を継ぐために帰郷する。

延岡市大野町の山腹に黒岩園と名づけた居宅や製茶工場があり、旧石器を思わせる鋭い稜線をもつ行縢山を背景にもつ谷間で、孤独な詩作をつづけた詩人である。そして敗戦間際の五月、四十一歳の時に召集される羽目になるのである。

（二）

一九四五年（昭和二〇）五月、渡辺は一片の赤紙（召集令状）で海軍に召集され佐世保相浦の海兵団に入団。その後、設営部隊として宮崎赤江に向かい、日南海岸沿いにある内海の魚雷艇の訓練基地に配属された。そのときのことに触れたエッセイで「内海の小さな港町に、わたしはいたましい思い出をもっている。終戦直前わたしは召集されて、しばらくこの町にいたことがある。夜のうちに海岸についた魚雷艇をレールにのせて壕の中へひっぱりこむのであった。山腹にいくつも壕があった。空腹によろめきながらわたしはサルトリイバラの青い実をもいで口にほおばった。かさかさして酸っぱいばかりだった」と記している。

もともと小柄で華奢なうえに四十一歳。兵士といっても老兵である。敗戦間近で満足な食料も与えられずにこき使われたに違いない。しかし幸いに三ヶ月余りで敗戦。渡辺は内海から延岡の谷間黒岩まで歩いて帰還するのであるが、直後に来襲した台風で長男を亡くしている。詩人の絶望は測り知れない。

そんな渡辺の傷は生涯つきまとったのであるが、後年、車を駆って訪れた日南海岸をモチーフに書いた詩がある。

雨の日南海岸

ふりかえる見る
あなうらの刺の如きもの
生涯はただひとつの雨滴にだに及ばぬ
岩礁のキイをたたき

海底の操車場へ
むなしくうちよせる波しぶき
神々が地中にきざんだ年輪の上に
さらに彫りつける何ものもない

狂気の五十年を
くもった窓ガラスにうつして
私が見つめているのは何だろう

雨はフェニックスの葉に降りしぶき
檳榔樹の青島はカイツブリの巣のようだ

短唱を連ねた詩であるが、自らの生涯に降りかかった様々な不幸や災厄を胸にしまって生きる詩人の痛みと、すでに死を見つめている眼差しが感じられる。渡辺はペシミストではなかったが悲傷を抱えて生きた。晩年の七年くらいを渡辺の側近くにいて、つぶさに詩と詩人のありようを学ばせてもらったが、その風貌と眼差しは純粋詩人そのものだった。

（三）

樹脂

啼いている山羊は石壁のあいだにいる
谷間の青い岩は空の高いところに見られた
野菜畑の赤い十字形になった路の中央に
僕は樹皮で編んだ椅子を置いた

太陽がコスモスの咲いた丘と丘との間をよぎる時間
僕のうえに枝々は黒い網をかける

僕は本をひらく
白いつばさを太陽にかがやかせる本は無垢な天使のようだ

護謨の木に護謨の木と書いたエナメルの札を立てる
フサスグリを栽培する
樫の木の枯枝にとまっているムササビ
野鼠が鳥の巣箱を占領した日

岩魚の斑点に晴れた空が映っている
冬の樹は青い樹皮のついたまま太陽に乾される
僕の黒い帽子が行ったり来たりして
苺の鉢がひなたに整列する

剪定鋏で手紙の封を切る

枝々のあいだに鏡をたてて蜘蛛は化粧している
かがやく樹液が僕の生活を新しくする間
ナイフはいつもポケットに入れてある

美しい詩である。各連が一日の生活の一コマ一コマによって構成されているのだが、単なる生活記録ではない。椅子を編み、本を読み、護謨の木に護謨の木と書いた名札を立て、苺の鉢を並べ、届いた手紙を読むといった具合に、農場での労働も描かれているが、まったく泥臭さがないのは何故か。

これはまだ戦争が激化する前の作品で、家の事情で渡辺が帰郷してから、ようやく農場の生活を楽しめるようになった頃のものである。

日本の南部、辺境の谷間にあって東京の「詩と詩論」などに盛んに詩を書いていたい時期、田舎では渡辺が日本詩壇の第一人者であることなど知る者は誰一人いなかっただろう。植物や昆虫や魚、小動物などにも温かい眼差しを注ぎながら本を読み、詩を書く生活。詩人が洗練されたモダニズムの手法で写生する農場の生活は、実生活の上に、異次元の生活を創出する。それは洗練された詩の技法ばかりで成されるものでなく、洗練された精神生活と詩精神によって支えられているのである。

最終連の「ナイフはいつもポケットに入れてある」というのは、怠惰になろうと思えばいくらでも怠惰になれる生活に毒されないように、自らを律するために保つ矜持の比喩なのだ。詩への出発に際して、単なる地方文化人などにならぬよう励ましてくれた渡辺が何を怖れていたか、今になって理解できる気がする。

（四）

戦後早々の一九五二年（昭和二七）に出た『日本詩人全集』（創元社刊）に渡辺修三も収録されている。大正末期から昭和初期に日本の詩を牽引し、近代詩から現代詩への変換を図った北川冬彦や北園克衛、西脇順三郎、安西冬衛、村野四郎といった詩人たちとともにである。その自己紹介の中で渡辺は、「日本の南部の谷間の青い空の下、老いて私の悲歌はどんな響を発するだろう」と述べている。四十九歳の時である。

そこに収録された散文詩に「農場」がある。これは彼の詩集の中で最も美しい詩集といっていい『農場』（一九三七年・「糧」発行所刊）からの抜粋で、俗悪な世界の上に架かった虹のような詩である。久留米の丸山豊が軍医としてビルマ戦線を転戦する時に肌身離さずにもっていたと告白している。文学散歩で有名な野田宇太郎によって出版された小さな詩集である。

葡萄畑の下の赤土のほそい路を、僕たちはユリオが歩いて来るのを高い畑の岩のうえから見ていた。僕たちのうしろには初秋の雲が白く湧いていた。ユリオの妹は僕のそばにならんで腰をおろした。ユリオも僕もひとなみはずれてたくましい体をもっていた。草に斬られて黒い運河の無数に出来ている手を、僕は彼女のまえに出して見せた。

…中略…

まるい切株には樹液が白く太陽にかたまって、乾燥した空気のあいだに、松ははげしく樹脂のにおいを放っていた。谷間へむかった檜の黒い密林の空たかく、鷹がかなしげな声で啼いている。僕はひとつの傷に似た僕の生涯について考える。朽ちた樹のように、やがて僕が砂礫のあいだに眠る時、その時こそ過去ははじめて苦痛のない白い傷痕になるだろう。

八連ある詩の一部を引いたが、詩人で評論家の杉本春生は「彼の生涯において、この詩集ほど感受性を放埓に自然にゆだね、のびやかに、草いきれのする歌声を響かせた時代はあるまい」と述べ、さらに「彼本来のみずみずしい歌声が、夕暮れのフルートのような、かすかな哀傷をもってくりひろげられる」とくくっている。

（五）

月夜海の方へヱスタの町を歩いてゐる
レモンのにほひがして女が通って行った・・

処女詩集のタイトルポエムとなった「ヱスタの町」冒頭の一節である。外国の絵葉書のような映像的な詩である。当時、シュールレアリスムやフォルマリスムの影響をうけた芸術運動が盛んだった。

渡辺は、特にロシアフォルマリズムの評論家シクロフスキーが唱えた異化・非日常化の影響をうけ、無意味で美しい詩をめざして北川冬彦や春山行夫の純粋詩運動に共鳴。「詩と詩論」「詩法」「旗魚」などの詩誌で活躍したが、兄謙二郎(画家)、弟小五郎(彫刻家)が夭逝したために家業を継ぐために帰郷したのである。そのことに触れた文章がある。

一九六〇年(昭和三五)に代表作を集めて出版された詩集『谷間の人』の「あとがき」で、「…田舎に住みつかねばならなくなり、この南方の明るい空のしたでは、詩に対する考えかたも自然に変わってきた。/私の目には陽にひかるキンポウゲの花や、小鳥や、山の木々や、農園のうしろの岩山や、山村に生きる人々や、その中にいる私と私の家族がすべてだった。私には周囲にひとりの友もなく、また私を知っている人もいなかった。/それだけに一木一草、山や谷間や、小さな動物たちが唯一の友だちだった。私はそんな、ひそかなもの、小さなものの世界を詩に書いた」と述懐している。

そのような生活の中で、実に美しい詩「天使たち」が生まれた。二〇一三年三月にできた初めての詩碑に刻まれた。

天使たち

春の風は　なんにん
天使たちをつれて来たのだろう
ドアが　ひとりで
開いたり　しまったりしている

かくしてはいけない
河のようにゆたかに
水のようにいのちをやしなう
二つの乳房

人間の愛のすがたが
途方もなく美しいとき
蝶のように音もたてず
とびまわっている天使たちよ

谷間の自然の豊かさに母性的なものを感じ、母の懐に抱かれるように母なる自然と一体化しようとする祈りが感じられる。小さな谷間の嘘をつかない自然が詩人の孤独な魂を抱擁しているようだ。とにかく自然が人間に与える慰安は測り知れないものだ。

本多利通の世界

（一）

これまで見てきた作品は二十世紀初頭に生まれた詩人たちのものだが、いずれも戦争の影を引きずっている。戦争の世紀といわれた二十世紀を生きたのだから当然といえば当然のことである。シュールレアリスムの影響を受けたモダニズムの詩人だろうが、マルキシズムの影響をうけたプロレタリア詩人だろうが、また日本の伝統的美学の復権を目指した四季派の抒情詩人だろうが、戦中戦後も、それぞれ戦争は抜きがたい桎梏だったことは間違いない。

では、戦後に詩作を開始した詩人たちはどうか。

敗戦の日、まだ中学生か高校生だった。彼らの多くは軍国少年であり、敗戦とともに世界観をくつがえされた世代である。彼らもまた否応なく戦争の影を負わされている。

ここで、その世代の一人、本多利通（一九三二〜一九八九）の詩を見てみよう。

老父抄・梅の花散らし

ま夜なか
田植が終ったばかりの水田地帯にも
火の雨が降った
という表現は
どうしても美しすぎていけない
（火と水と早苗が照り映えてしまう）
ほんとうは
これは恐怖と戦慄の体験なのだ
火の上空を
B29という名の神の雷鳴が支配していたのだ

父が五本の指を櫛にして
たてがみを梳き　藁の束子《たわし》で
くびすじと臀部を荒あらしく愛撫した
栗毛の背なかを一発の焼夷弾が直撃した
住家と厩舎《うまや》をつつんだ凶暴な火が
夜あけとともに失《う》せたのち
灰燼にまみれた馬のはらわたが
夕焼雲のように
どさりとはみだしていた
巨大な岩のような
あれはなんという重たさだったろう　九人がかりで
栗毛の焼死体を埋葬した裏山の傾斜に　父は
一本の梅の木を植えた　それが
栗毛のささやかな墓標であった

四十二年が過ぎた
きさらぎの空に満開の白梅の花が
月夜　白粉《おしろい》のように匂って
腰の曲がった父は上目《うわめ》づかいに恍惚と眺めている

「老父抄・梅の花散らし」という詩の前半である。次の詞書がついている。

「一九四五年六月二十九日、午前一時十五分頃、延岡の市街地、及び周辺農村はB29約四十機による油脂焼夷弾五十万発の攻撃を受け、戦災死者数三百余名被災戸数三千七百六十五戸、被災人口一万五千二百三十三人、戦災面積九十二万坪」。

（二）

先に紹介した「老父抄・梅の花散らし」は一九三二年（昭和七）生まれの本多利通が五十五歳の時、つまり死の前年に発表した作品で、死後に出版された詩集『老父抄』（赤道の会刊）に収録されている。

一九四五年六月の延岡大空襲で生家を焼失したとき、彼は中学一年生だった。その日のことを第二詩集『形象と沈黙』（一九六五年・思潮社刊）の「あとがき」で「敗戦の日、すべての事物の意味がはく奪され、中学一年生であったぼくさえ巨大なうつろに支配された日、はじめて光は創世記のようにかがやき、破壊されなかった畦道や樹木や鉄道が人間をしりぞけて、安堵したように在ったのを記憶している。」と記している。

つまり中学一年生のときに遭遇した空襲の記憶は、生涯にわたって消えることがなかったということである。それだけ衝撃が大きく、火に対するトラウマを生んだと思われる。彼は消防士だったが、その父親もまた消防士だった。一日おきの二十四時間勤務は、農業を営みながら働ける職業だったのである。だが、深く火にかかわる職業だけに、折に触れて戦火の記憶に苛まれたのも事実である。その証拠に火にまつわる詩が多い。第二詩集『形象と沈黙』に収録されている作品を見てみよう。

焼跡にて

はじめてのように
樹が見ている
鳥が見ている
さっぱりした空地のへりにたち
だれが涙を流すのであろう
犬が見ている
空が見ている
はらわたとりさったきみのうつろに
光が酒のようにあふれているのを
風が門のところまできて立ちすくんで
見ている
火の奥よりもちだした一枚の鏡のなかで

きのうがメガネを拭いている
取りかえしのつかぬそれはきみのあやまち
蛇が見ている
あしたや太陽が見ている
野ずえからまがってきた畦道が見ている

人間にとっては惨憺たる焼跡の光景だが、破壊されなかった自然の動植物や草木は、人間の世界を安堵したように見ているという。けっして「国破れて山河あり」などとは言わない。深い痛みを抱きながら「あしたや太陽が見ている」と微かな希望を一行に託す。

（三）

ところで本多利通はどのような詩人だったか。高校時代には文芸部に所属し短歌を書いていたが、二十歳頃から詩に転じ、山の谷間に住んでいた渡辺修三に師事するようになる。しかし、モダニスト渡辺と違ってリアリズムの詩人であった。処女詩集『火の椅子』に寄せた序文で渡辺は、「彼は宿命的な農民の憂愁を背負うている。いかなる時も、大地にしっかりと足をつけた彼のリアリズムは、はなやかさはないかわりに、いささかの狂いもなく、迷うこともなく、自らのペースをたどっている」と記している。

本多利通は父親に似て寡黙だった。物言わぬ自然を相手に黙々と生きた。そのような農民にとって最も大切な仕事をモチーフにした詩を読もう。

田植

空を背負い
そのときはじめて知った
空のおもさに耐えかねて
地に這いつくばってしまった
おれたち

恐らく
けものたちはいまだに空を
背負わされているために
たちあがることができないのだ
前足蹴って狂いたち
背なかのものを震い落とそうと
雲に嘶いている栗毛よ
おまえに鞭をあて
いちもくさんにはしらせるやりかたは
億年の時を忘れさせるための
まこと
やさしい愛撫であるかもしれぬ　だが
おれたちは
やみくもに野イバラの涯へ駈けてゆくわけにはいかない

おれたちは
あとずさりながら
草の根を摑みわけては泥のなかに突き込む
幾千の槍を立てるように
草の穂を空に逆らわせて

今ではもう失われてしまった田植の風景だ。馬を駆って代掻きをしながら、そのあとを一列に並んで後退しながら、前屈みで泥の中に苗を植えていく作業は重労働だった。照りつける六月の太陽を背負って、目が眩むような作業だった。「空を背負い／そのときはじめて知った」という把握、「けものたちはいまだに空を／背負わされているために／たちあがることができないのだ」という把握の仕方に、独特の認識がある。

また、農家の長男で家業を継ぐべき宿命を背負った者は、時に代掻きを放棄して逃げ出す馬のように逃げていくこともできない。たまには過酷な現実からの逃避願望が兆すこともあっただろう。そこに家系の重圧も加わる。父母は子のいない本多家の、長男を連れての夫婦養子だった。

（四）

老父抄・虫

父よ
われわれはあなたを放置しているけれど
父よ
あなたは木によって生かされ　さらに
草によって生かされているのだ

かつて
あなたは馬によって生かされていたが　馬は

たてがみを空襲の火につかまれて焼死した
木と草とは空襲の火に焦がれたのち
四十年間
年ごとに枝々を復活して　叢を蘇生した

あなたはその枝々を切り落とし
さらに
地面の草生を掻き毟りつづける
八十歳の父のなかに
なおも　はげしく火が燃えさかり
凶暴な風がそれを煽っているのだろうか

きょう　曲がった腰に水タンクを背負い
筒先から霧を散布しながら

あたりの虫どもをのこらず毒殺しようとしている
あなたは
さらに増殖する虫によって生かされているのだ

……(後略)……

この詩は「老父抄・虫」の前半である。七十歳を過ぎて車にはねられ体の不自由になった父親が、それでも草を刈り、剪定をし、防虫駆除に精を出している図である。

根っからの農民である父親にとって畑が荒れたり、作物が害虫にやられることは我慢のならないことだ。そんな父親の姿を側近くで見ながら、見ぬふりをしているのは、そうした仕事が父親の生甲斐であり、その仕事が繁茂する草木や害虫によってもたらされているという認識があるからだ。手伝わないのは一見冷酷そうに見えて優しい心づかいである。

本多利通は実は私の長兄である。幼時から父親が死ぬまで側にいて見守った。養家を守りつづけた。職業も一緒だった。性格も気質もよく似た一卵性親子だった。

父は八十二歳の冬、枯葉を燃やしているとき着衣に火が移って焼死した。害虫が見逃せなかったように枯葉も見逃せなかったのだ。

そして、この詩の後半部で、「父よ／わたしはあなたのそばにいて　あなたのそばにいない…中略…父よ／わたしは水に投げこまれ　川とともに海の方へはこばれます…中略…父よ／わたしはまいちもんじに失墜します…中略…父よ　けれども／わたしは稲妻となって地球のへりをすべり　無重力の闇のかなたへ遊泳します」と書き記した。

父が死んで半年後、酒を飲んで帰宅中、自宅近くの田圃に転落死。五十六歳だった。

高森文夫の世界

（一）

昨日の空

凧《いかのぼり》　昨日の空のありどころ　　蕪村

凧があがつてゐる……
峡間の冬空は
碧玉のやうに固く冷たく澄み
手に執つて愛撫したいやうだ

白い石川原に佇《た》つて
糸をあやつる児等の瞳に
宿つてゐる　遠いもの遥かなもの

凧は泳ぐ　冬空の深淵を
淙々として水は流れる
その透明体を透して
川床石の一つ一つに冬の陽が射す
空も水も夢も幸福も
手に執つて愛撫できる
結晶体でゝもあるかのやうな錯覚

凧があがつてゐる
峡間の冬空に……

たまゆらの時間のなかに……

この「凧《いかのぼり》　昨日の空のありどころ」という蕪村の俳句を引いてはじまる詩は、日向市から西へ入った東郷町の冠岳を望む山峡をモチーフにしている。若山牧水の出生地として知られる土地である。

高森文夫（一九一〇〜一九九八）は一九四九年（昭和二四）十二月、過酷な収容所生活と強制労働の四年間のシベリア抑留から解放され、最終引揚船で帰国した。彼もまた戦争の深い傷を秘めた詩人である。しかし、彼は生還した。掲出の詩は一九五二年（昭和二七）一月地元新聞の正月版に発表されたもの。

故郷の自然と正月風景をモチーフに書かれた詩だが、「空も水も夢も幸福も／手に執って愛撫できる／結晶体で、もあるかのやうな錯覚」というように、長い抑留生活から帰還したあとの虚脱状態から脱し、あらためて平和のありがたさを噛みしめている詩人がいる。美しい自然の中で凧揚げに興じている子供たちの無垢な喜びも、おそらく戦時中にはなかったものだろう。全面降伏で終わった戦争で、戦後の生活は困窮を極めていたが、何はともあれ心の平安を取り戻しつつあったのは、ひとり高森ばかりではなかったはずだ。

それだけに詩人の安堵の気持ちを窺い知ることができる。心に深い傷を隠しているだけに冬空も、川の流れも澄んで見えるのだ。透明に澄んだ空を泳ぐ鳰の影も水面に映っていたことだろう。

高森は、尾鈴山の北部に位置する冠岳を望む坪谷川のほとりで、山林業を営む父母のもとで生を享けて幼少年期を過ごした。十歳で、すでに国木田独歩を読んでいたという。

（二）

高森文夫は一九一〇年（明治四三）一月、東臼杵郡東郷村、現在の日向市東郷町山陰《やまげ》に生まれた。一九二二年（大正一一）に旧制延岡中学校に入学後チェーホフに出会い耽読。また日夏耿之介の『古風な月』に出会う。卒業と同時に上京し、憧れていた高踏派の日夏耿之介に師事しつつ、成城高校を経て東大仏文科を出る。その間、ポオ、シェリイ、キーツ、ブレイク、マラルメ、ヴァレリイ、ボードレールなどを学ぶ。一九三一年（昭和六）、一緒に下宿していた一学年下の吉田秀和（音楽評論家・二〇一二年没）を訪ねてきた中原中也と出会う。吉田は留守だった。その後、中也との関係は急速に親密になり、中也が三十歳で死ぬまでつづいた。二人の有名な逸話もたくさん残っている。中原中也の全詩集などに収録された書簡で、中也が高森をいかに信頼していたかが知れるが、高森の弟淳夫（画家）通夫（歌人）との付き合いも深かった。

一九三七年（昭和一二）に第一詩集『浚渫船』を出版、立原道造や丸山薫をはじめ神西清などから厚意をもって迎えられた。特に中原中也は「四季」に友情あふれる紹介文を書いた直後、死去。「四季」に投稿するようになっていたが、高森の失意は深かった。その二年後の一九三九年（昭和一四）、教鞭をとっていた母校の延岡中学を一年で退職。あわただしく結婚して渡満。満州映画協会に就職するも途中で現地応召。敗戦と同時にシベリア送りとなった。満映時代に第二回中原中也賞を受賞している。第一回は立原道造である。

冬薔薇

花園の土　荒き季節《とき》
短か日の　暮れやすきころ
剪定を忘れし　枝に
冬《ふゆ》薔薇《さうび》　佗びしく　咲きぬ

花園に　花もなき季節《とき》
戸外《とのも》には　人気《ひとけ》なきころ
冬《ふゆ》薔薇《さうび》　孤りし咲きぬ
あはれなる　冬《ふゆ》薔薇《さうび》かな

この詩は一九四〇年（昭和一五）三月に「文学界」に発表した作品である。モダニズムの詩人たちや、プロレタリア詩人たちとは主張を異にした四季派の抒情詩人高森文夫の詩は、美しい歌である。それも身近で素朴な草花や自然を愛した温和な高森の世界は、どういう局面にあっても繊細で高雅な雰囲気をもっている。

（三）

さて、高森文夫が詩に目覚め、もっとも熱中した高校時代から大学時代、そして第一詩集『浚渫船』（一九三七年刊）に至る時代の世情はどうであったか。

一九二八年（昭和三）には「戦旗」「詩と詩論」創刊。日本共産党検挙。一九二九年（昭和四）小林多喜二『蟹工船』出版。一九三一年（昭和六）満州事変勃発。東北・北海道大飢饉。一九三二年（昭和七）上海事変勃発。一九三三年（昭和八）ドイツでヒットラー内閣が発足。一九三三年（昭和八）日本、国際連盟脱退。小林多喜二獄死。一九三四年（昭和九）満州国成立。一九三六年（昭和一一）二・二六事件。日独防共協定。スペイン内乱。ロンドン軍縮会議脱退。一九三七年（昭和一二）中原中也死去。日華事変勃発。日独伊防共協定。

こうした時代相を背景に出版された高森の『浚渫船』に対して、日夏耿之介は「詩品は、その姿相が悉く現れているものではないが根元の態度がそこにあって、それが著しく現詩壇にあって特色づけられるべきものである」と言い、詩友の北村杳三は「歌はんとして歌ひ得ぬ時代に、歌ふ言葉なくして而も歌はずには居られない心を背負って、雰囲気のない重圧の下に生きてきた」と言っている。

純粋に歌うこと、つまり純粋な抒情詩を書くことの困難な時代に、それでも歌わずにいられなかった高森文夫。歌うことは時局への抵抗でもあった。そんな時代に、歌いつづけた高森の抒情詩は軟弱にみえるかもしれないが、剛直で殺伐とした時代に抗するには、むしろ軟弱な思想が要るのだ。銃器に抗するに一輪の野の花をもって対峙したといえば理解できるだろうか。生地山陰の林をモチーフにした詩を読んでみよう。

故山秋景

わたしはしつてゐる
林のなか
楢の木の根方に
大きな石の

ひとつあるところを
梢をすかして
まことに青い空があり
白雲のゆきゝするのを

その石は
蘚苔《こけ》におほわれて
その石に腰をおろすと
いつでも冷々《ひえびえ》としてゐる

わたしはしつてゐる
林にときおり
時雨がおとづれ

杣人の通ふ細逕の
ひつそりと濡れてゐるのを

時代背景を知って読めば、ひっそりしたものの美しさが際立つ作品である。

(四)

高森文夫に「ある歳末の記憶・中原中也のこと」という回想記がある。その中で、初めて遭遇したときに中也が高森を評して「汽車に乗るとき、座席を選ぶのに二種類の人間がいる。汽車の進行する方向に向って自分の席をとる者と、去り行く風景を眺めるために自分の座席を選ぶ者だ、きみはまさしく後者の方だ」と喝破され、「遭ったばかりでろくろく未だ話もしていないのに、このようにずばりと人の基本的性格とも言うべき気質を見抜いてしまうこの男の鋭い眼光にわたしは全くびっくりした。考えてみるとわたしはそのときはじめて自分自身に気が付いた。気づかされたような気がする」と記している。

高森の詩の世界を見ていくと、確かに中也の言葉に納得させられる。高森は「わが愛する言葉」というエッセイの中で八木重吉の詩「草にすわる」を引いて、「私たちの日々の社会生活において私たちの思想、感情、言動のすべてがいかに上ずって嘘っぱちなものであるか、草にすわって考えてみるとすぐわかる」と述べている。その八木重吉の詩は「わたしの、まちがひだつた／わたしのまちがひだつた／かうして、草にすわれば、それがわかる」という三行の詩だ。

高森が自分自身の思想や詩精神について、真正面から述べた形跡はない。しかし、こうした文章にこそ、高森の思想や詩精神が表明されている。それも声高ではなく、まさしく草に座ってみて初めて聴こえる虫の声のように、小さいが美しく強い声である。

　　この丘にきて

この丘にきて
幼き日夢みたる

陽あたりよきこの丘

夢みたることごとの夢
消え果てゝゆくへを知らず
この丘にきて枯草を敷き
夢みたる夢をいとしむ

なべてみな空しかりきと
徒らに嘆かふなかれ
この丘にきて枯草を敷き
夢もなくほうけしさまに
陽をあびてかくてある
また新たなる夢にこそあれ

この丘にきて枯草を敷き
この丘にきて陽をあびて
たまきはる命いとしむ

この詩において詩人は、まさしく草に座って、去り行く風景を眺めている。ただし「たまきはる命」を愛しみながら、上ずって嘘っぱちな社会、あるいは世界を拒絶しようという意志が感じられるではないか。これこそが高森文夫の真骨頂である。

大森一郎の世界

（一）

大森一郎（一九二七〜二〇〇四）は日向市美々津の出身である。神武東征の折、美々津の港から舟出をしたという伝説の地である。古くから栄えた港で、今でも廻船問屋が保存されていて、往時を偲ぶことができる。

大森の生家のあった場所は港を見下ろす小高い丘の上にあり、墓地だけが残っている。小さな海岸では波に細石《さざれ》が洗われて微かな音を立てて鳴っている。彼は、この地を愛した詩人であるが、神武東征の伝説などをモチーフにすることは決してなかった。

貝殻

ものを言わなかったであろうか
貝たちは
生きていて
夜の岩にかじりつきながら
砂を曳く早瀬からのがれながら
かたく精巧な殻のなかに
乳いろの生命をみたしていたとき
おたがいを　たしかめあう
貝たちの言葉を

ヨウコがひろい集めた殻たちは
華麗にたたみに散らばる
朝焼けのしたたり　か

マグマのかすかな爆発
青く光る星雲の渦もよう
やがては
珊瑚色に透ける骨のかけら
三半規管の　白いしくみ

それぞれに貝たちの去っていったうつろは
淡い虹のつやを残して
それぞれに　静かだ
聴[illegible]べ[illegible]力[illegible]に
この静まる影は
どのように沁みてゆくのだろうか
おまえのちりばめる悦びの言葉を
聞きたがえはしない　が

ふとうつろなるものにみいられ　父は
けわしい深みに引き寄せられてしまう

夏は　おわりに
壮烈な風と雨とで
わたしたちの家を囲んだ
家は　荒磯の貝殻のようだ
美しいかたみの意匠はない
生きているかぎりは
終わらないものによって
生はうながされる
声ひそめ叱咤するものは
なんであるのか
胸骨をこがし　落ちたまま

熟れなずむ言葉が
ある

この、聴覚に障害をもつ娘が、浜で拾った貝殻で遊んでいるのを見ている父親の痛みをもった眼差し。「生きているかぎりは／終わらないものによって／生はうながされる」という三行の痛切さ。この思いは、敗戦の年の五月、学徒動員先で米機の攻撃を受けて肝臓破裂をふくむ重傷を負いながら生き延びた詩人の生の負荷から発せられている。それは、同様の負荷をもつ娘の生への悲痛な共鳴でもあるのだ。

（二）

宮崎市内を貫流する大淀川の南側に天神山がある。昔は里山であったにちがいない標高三〇メートルの小さな山で、宮崎平野の臍のような山である。宮崎天満宮があり菅原道真が祀られている。

大森は、この天神山の麓に住んでいたが、晩年は家から一歩も外へ出ることなく、自室のベッドの上で生活していた。そして自らの生を危うくする世界の虚偽と対峙しながら、厳しい詩作をつづけた詩人である。彼は一夏を必死に鳴きしきる蟬のように生きて書いた。

蟬

この朝
太陽が天神山の
樫　椎　樟の若葉を起すと
おまえたちは
せきをきって　なきはじめる
微塵のためらいもなく
はげしく　熱心に
その清冽な叫びで

おまえたちが　たちまち
見えなくなってしまう

午前は　わずかに空に反り
ひそかな向うに降りようとする
どこか橋のかたちに
だが　やがて
葬列のように　車は人は動きはじめ
絶対の一日が　満潮の速さで
ここを　支配してしまうのだ
瞬間　おまえたちは
一せいに黙る
おまえたちの　孤独にうずくまった
ながい　冷酷な闇が

鮮明な怒りにみちて
破裂する

鋼鉄の光で固めた黒いからだ
水の透明をたたんだ羽
掌にのせれば
天の軽やかさを内蔵する　おまえ

おまえたちは
大木の梢という梢を
せつないエメラルド・グリーンに焦し
この　かけがえのない夏を
地上にたたきつける

朝、日が昇ると同時に、天神山の森で、いっせいに蟬が鳴きはじめる。そして、いっせいに鳴き止む。その間に人は目覚め、町がざわめきはじめる。車や人が橋を渡っていく。大森は、それを「葬列のように」認識する。ここには気息奄々として生きる大森の、終戦の日の記憶が疼いているような気がする。自分自身の身体をそこね、無数の人間を死に追いやった戦争への憎悪がつのり、鮮明な怒りを破裂させているのは、蟬ならぬ大森自身であろう。その怒りに、非業な死を遂げた無辜の人々の怒りもまじる。

（三）

さて、ここで大森が受けた傷がどのようなものであったか、彼の書いた詩に聞いてみよう。

傷の証言

おれの眠りではない眠りのなかにいた

大森一郎の世界

誰の眠りでもない眠りの外にいた
昭和二〇年五月一四日
艦載機カーチスSB2Cは
青春の後頭部に急降下してきた
二五〇キロ炸裂は　ゆっくりと沈み
閃光となり　閃光を消しつくした
轟音となり　轟音を消しつくした
地上にも　空のどこにも
おれはいなかった

断ち切られた時間をひしと囲み
静寂にかがやくあの真空圏は
何であったか
熊本市郊外・健軍町

陸上攻撃機キ６７飛竜生産工場　学徒寮
呼べるならば　それが死
死はあたらしい朝と同じではないのか

……（中略）……

両眼窩前頭部挫創兼肝臓破裂　キトク
だがおれは生きた　一万の日を
木々は確かな二十五の年輪を画した
火葬はさらに貯えられ地平に燐火が入わく
眠られぬ夜のおわりに
希硫酸のような雨が降って来る
朝は　まだ疼く

彼が生死の境にいたとき、誰かが打った電報を受け取った故郷の家族の悲しみはいかばかりであったか。しかし彼は奇跡的に助かった。助かりはしたが、彼が二つながら受けた心身の傷は、何十年たっても、ついに癒えることがない。「朝は　まだ疼く」のである。この疼きが、先の蟬の声に重なり、「生きているかぎりは／終わらないものによって／生はうながされる」という三行を想起させる。生きているかぎり終わることなく、生をうながすものとは何か。戦争で親友を失い、従兄を失い、戦後になって最愛の姉を失った。大森の一番の理解者だった詩人・金丸桝一は、「彼には彼が失ったかけがえのない人々から託されたものがあって、自ら生き残って今を在るゆえの大いなるものの委託があって、彼は生きた」と書いている。では、生き残って果たさなければならない、その委託とは何か。

愛する死者の魂を鎮め、胸底深く死者を祀り、死者とともに生きること。死者の尊厳を守るために、死者に代わって、その痛みを痛みつづけること。それが大森の生をうながしつづけているのだ。

（四）

美々津で

浜あかりの方へ　爪ほどの
蟹が駆けてゆく　故郷

石並の辻で　墓たちが目ざめている
残照の熱い雲に　供養太鼓がひびく

やさしい年よりたちが
静かに立ちふるまって
散華したむすこたちのため
軒いっぱいに　灯を吊す

夜がきて　海をゆすり
すべてを　安らかにする

これは、故郷での盆供養がテーマの詩である。小さな港町からも多くの若者が戦争に駆り出されていった。そして多くの者たちが帰ってこなかった。「浜あかりの方へ」駆けてゆく蟹は、死者の魂を迎えに向っているように見える。そして、墓も年寄りも死者の帰りを待っている。家々の軒には盆提灯が吊るされている。死者たちは誤たず生家に、老いた父母の胸に帰ってくるだろう。大森も、愛する故郷の家に帰って、それら死者たちとともにいる。夜になって海鳴りだけが聞こえてくる。死んだ者も生きている者も、ともに眠りを共有する夜。ようやく一時の安らぎに浸る。

さて、大森一郎は七十七年の生涯で三冊の詩集を残した。第一詩集『遠のく空』（一九七〇年・国文社刊）、第二詩集『海鳴』（一九七四年・三武書房刊）、第三詩集『寒中記』（二〇〇一年・本多企画刊）である。

深い傷を負って宮崎に帰って以来、ほとんど宮崎にあって詩作に生きた彼の発表の場も宮崎であった。だが行動範囲の狭さに反比例して、彼の思索と詩作の範囲は広かった。

「詩は自己の内部を掘りさげ、発揚しようとする行為の痕跡である。内部が自然または世界に置きかえられても矛盾はない。世界や自然を認識しようとする自己のなかに詩を喚起するものはある」(『遠のく空』あとがき)と、鋭く己れを律した詩人・大森一郎。

彼は、その表明のとおり簡潔で清潔に生きた。三十年近い交流の中で、実際に会ったのは数えるほどしかない。しかし、金丸桝一に同行して訪問し、彼のベッドの横に座って、焼酎を飲みながら話し合った日の印象を忘れない。浴衣一枚に身を包んで、ベッドに横たわり、また起き上がりしながら語る彼の姿は、弱々しいが、詩について語る彼の言葉には妥協がなかった。

そして今、魂は故郷美々津の墓と詩作品の中に眠っている。

金丸桝一の世界

（一）

私たちは、よく「ふるさと」を口にする。世界のどの民族も「ふるさと」に対する郷愁は、どうやら胎内回帰願望といってても過言ではない様相を呈している。それは鮭や鱒といった魚にもあって、どうやら本能的なものであると思われる。特に人間にとっての「ふるさと」とは「故郷忘じ難し」といった体のものである。

そもそも「ふるさと」とは何なのか。愛憎に関わらず絡みついてくる「ふるさと」とは。広辞苑を引いてみると、「古」は遠く以前の時代。むかし。「故」は古いものごと。古いしりあい。なじみ。あるいは、死ぬこと。また死んだ人をよぶ場合に冠する語、などとある。

古語辞典で引くと「古里」「故郷」二つの漢字があり、どちらも、「古くなり、荒れてしまった土地。かつて住んでいた、または以前行ったことのある、なじみの土地や家」とある。

いずれにしても、現在は存在しない幻としての土地。あるいは、あったとしても様変わりして往時を偲ぶよすがのない土地。

誰が言ったかは忘れたが「目を閉じて最初に浮かぶ土地がふるさと」と聞いたことがある。ならば、その「ふるさと」とは必ずしも生地を指すとは限らないのではないか。

そもそも「さと」とは民俗学的には「サト（神止）」であると言われる。その土地に「ヒト（霊止）」が住む。「ふる」とは触れることであるから、「ふるさと」とは神と人が触れ合う土地（止霊）でもあろう。血・地・乳などが同音であることも興味深い。

それはともかく、神々が実感できた太古の時代、神と人が触れ合った記憶が人間の深層に眠っているのかもしれない。そうであるなら、「ふるさと」とは、人にとって単なる生地としての「ふるさと」を超えたものとして在るのかもしれない。

時代が下って、現在の「ふるさと」世界で神々は瀕死の状態だ。近代以降、実にさまざまな工場が進出し、都市化が進み、自然環境が荒れるとともに人心も荒れ、神々は忘れ去られたかに見える。しかし人間の深層に、神々と共生した時代の記憶が眠っていて、渇いた喉が水を求めるように「ふるさと」を求めるのだろう。

それはさておき、宮崎市北部の町西佐土原に生まれ育って、そこで死んだ詩人・金丸桝一の愛憎相半ばする「ふるさと」での詩作が何を示唆するのかを見てみたいからである。

（二）

ふるさとの歌　Ⅰ石で釘をうったので

ごらん
あれがふるさとだ
単調な海岸線に
きょう　松林をほこりに染めている
けれども　ばあさんよ
あなたのねむるところはもっと山手だ

くすぶる
くすぶる
びょうびょうと吹く風にあおられて
燻し銀の照りかえし
水平線
あれはふるさとだ

老後
あなたが知らぬ間に
ばあさんよ
日光にさらけだされて
乾いたひとのこゝろ
こゝはふるさとだ

ごうん
こゝは墓場だ
ひとびとの寒閨だ
どこからともなく湧いてくる
死者のいびき
こゝはふるさとだ

石で釘をうったので
反響はかえるところをなくしたか
棺桶におさまったばあさんよ
けさ　ほこりまじりの寒雨が降ったぜ
あかの他人の目つきして
きょうもひとびとが通っていったぜ

この詩は、「しんじつ深いかなしみはたたかいの裏である」という詞書を置いて出された詩集『零時』（一九六〇年・国文社刊）に収録されたものである。

ふるさとにいて、ふるさとへの憎悪がこもってはいないか。「日光にさらけだされて／乾いたひとのこゝろ」「あかの他人の目つきして／きょうもひとびとが通っていったぜ」などの詩句に、決して温かい人間関係だけで成り立っていない「ふるさと」が表出されている。

金丸もまた学徒動員を受けて、延岡の旭化成ベンベルグ工場に。その後、大森一郎と同じ熊本の三菱重工健軍工場で戦闘機「飛竜」の部品制作に従事し、予備徴兵検査を受け丙種合格騎兵と通告されたが、敗戦で帰郷して宮崎県工業専門学校（現・宮大工学部）に復学している。そこで大森一郎らと青年詩人集団を結成。本格的に詩作に入るのである。

しかし、初期の作品に見られる苛立ちや怒りはどこから来るのか。それは、おそらく生きて故郷に帰った者に対して向けられる白い眼やヒソヒソと語られる、あらぬ噂などに起因すると思われる。白眼視する者たちも噂をする者たちも、おそらく息子を戦死させた者たちであったろう。そのような状況の中を学校に通う疾しさも手伝って、どこにもぶつけようのない怒りが充満するのは止むを得ない。

そして、そのような「ふるさと」に生きてディレッタントにならないために「ふるさとよ／その怠惰をさけ／その思想のくすぶりを剝げ」と自らを鼓舞している。

（三）

永遠と同じ比重で…

誰もいない山に登って
草をしいて座ったりしたから
海の見える山に登って
道往く人や田圃にたつ人影を見たりしたから
永遠と同じ比重で故郷が栖みついた

あるとき　てくてく歩いていって

さる死人の焼香の列に加わったら
途方もなくながい列をなしていた
故郷は一つの墓のなかにも栖んでいた

凭りかかっていると
凭りかかっている壁のなかに
消えてしまいそうな光のなかで
あらぬ彼方を見つめていると
みつめているあらぬ彼方が故郷であった

太陽に向ってごほごほと咳こむと
太陽は微弱しながら喉坑をおちていった
故郷はつめたくいつまでも
太陽のなかに燃えないでのこった

この詩には、人が生まれ落ちた土地で生きることの哀しみが滲んでいる。祖霊がいて父母がいて、なにがしかの守るものがあり、それを継承しなければならない不文律がある。逃げ出したくても逃げ出せない故郷は、そうして「永遠と同じ比重」をもつことになる。葬列に加わるというのも、よくよく考えてみれば一過性のものではなく、土地に呪縛されて生きて死んでいった人々の後尾につくということである。

「道往く人や田圃にたつ人影」も「一つの墓」も「あらぬ彼方」も、つまり、どこを見ても故郷なのだ。そして、「故郷はつめたくいつまでも／太陽のなかに燃えないで」在りつづけるのだ。発狂しそうな金丸の叫びが聞こえてきそうだ。おまけに金丸は実父を知らず母方の祖父母に育てられ、幼時に祖父とともに般若心経を諳んじさせられて育つ。

酩酊すると、ふいに般若心経を唱えだし、佐土原町に伝わる盆踊りのときに歌われる数え唄「一かけ二かけで三かけて仕掛けたところに人がきて…」と踊りながら歌いだすのが常であった。しかし、その姿には寂しい影も寄り添って踊っていた気がする。踊りが済み、ふたたび盃を口にすると、誰彼となく「あんぽんたん、ちょんまげ」と叫んでいた。

いま思えば、その「あんぽんたん、ちょんまげ」は「永遠と同じ比重」の故郷から逸脱できない自分自身へ向けて発していたような気がする。

金丸にとって「ふるさと」とは、ことほど左様に厄介なものであり、そこで生きるということは、愛憎のアンビバレントを生きるということに他ならなかった。

(四)

さて、金丸桝一（一九二七〜二〇〇〇）が生まれ育った西佐土原は一ツ瀬川右岸にある。彼は、ここで生きて、ここで死んだ。生家近くにある金丸家の墓地に眠っている。彼の魂は、死んでもこの土地から逃れられずにいる。ここで晩年の彼が書いた「目録・いつも夕暮れに」の最後に記した詩を見てみよう。死の七年前に書かれ、死の一ヶ月前に出版された日本現代詩文庫『金丸桝一詩集』（土曜美術社出版販売刊）に収録された、新しい墓づくりの記である。

前段に「墓は新しい。佛壇まで新しく取り替えた。そうしたから反って、私は唯物論者に近づきつつある。／骨は骨、石は石であろう。／線香をあげる。違和感はふくうんだり縮んだりしている。それを見つめつづける」があり、次のように詩へと転化してゆく。

とまれ　また　そこから
日は始まってゆく
八月一日。
人生とはひとそれぞれの喪中だ
人生に引きこもって働き
人生に引きこもって泣き笑い
祝事や交際をさしひかえず
だから夢中で夢見る夢だ　人生は

この世では
「喪中」の世代が変るだけだ

延々と「喪中」の世代が引き継がれていくだけだ
えんえんと（奄々と）
えんえんと（蜿蜒と）
日が日に引き継がれていくように
「喪中」が引き継がれていくだけだ

いまは亡きひとを忘れ
いまは亡きひとを想い
いつも見納めのように樹木を見つめ
いつも仕納めのように　生きて

かつて、「いま在るものよ　いまを生きよ／いまわのきわはつねにいまでありつづけよ」と自らの詩にかきつけた金丸の思想と詩精神の根は、生涯にわたって「ふるさと」にあったことが知れる。

彼の表出する詩において重要なキーワードは、詩作のはじめから「日」であった。一見、抽象的にみえる、この「日」のうちにこそ、単なる生地としての「ふるさと」を超えた「ふるさと」があった。天地があり山川草木があり鳥獣虫魚があり、それらに寄り添って生きる人のいる世界。すなわち無辺の宇宙に奇跡のように存在する地球の一角の、また一角の西佐土原。そのまた一角を「ふるさと」と見定めて生きたのが詩人・金丸桝一である。

（五）

古代的な感性をもってモダンな詩を書いた金丸は第一詩集『零時』（一九六〇年刊）以来、『日《ひ》の歌』（一九六五年刊）、『黙契』（一九六九年・昭森社刊）、『日蝕』（一九七三年・詩学社刊）、『日の浦曲《うらみ》・抄』（一九七八年・鉱脈社刊）、『日の浦曲・抄　巻二』（一九八六年・鉱脈社刊）の他、『宮崎の詩・戦後編　上・下』（一九七九年・鉱脈社刊）を出すなど、詩作とともに評論の分野でも活躍した。

特に『日の浦曲・抄』では第三回地球賞を受賞。一躍、日本詩壇に知られる存在となったが、驕ることなく後進育成にも力を尽くす一方、宮崎県「同和」推進教員として活動。一九八八年には佐土原通所福祉作業所を開設、その所長に就任。常に弱者の立場に立って生きた。これらの活動も、よくよく考えてみれば、生の初めから抱え込んでいた差別への抵抗活動であったのかもしれない。しかし、そのような陰翳の濃い世界をバックボーンして生まれた『日の浦曲・抄』は、日本のどこにでもある「ふるさと」讃歌の側面も併せもっていた。詩集の中から「そうそうと花は燃えよ」の一部を引いてみよう。

そうそうと花は燃えよ

そうそうと花は燃えよ
そうそうと境界は繁くあれ
そうそうと蛇たち蛙たち
そうそうと水は流れよ
そうそうと苔むしわたれ

そうそうと境界でありつづけよ
そうそうと雀たち蝗たち
そうそうと時は流れよ
そうそうと空はちきゅうのまるみをつたえよ
そうそうと鐘は鳴りわたれ
そうそうと風たちさわげ
そうそうとそうそうと
草よ樹よ
地をなびけ
地をはなれよ
葉ずれの音は遠くへ消えよ
子らは地を駆けよ　駆けてとべ
神の名をいただくものは墜ちよ　墜ちて駆けよ
地のすみずみまで駆けてまわれ

いま在るものよ　いまを生きよ
いまわのきわはつねにいまでありつづけよ

この自然への呼びかけの、何という高らかな声であることか。彼を苦しめ、彼を苛んできた「ふるさと」の自然を媒介にして、人間の深層に眠っている神々との共生の記憶の「ふるさと」が呼び出される。ここにきて、「ふるさと」は金丸の生地を超えた「聖地」となり、ますます陰翳を濃くしていく。

南邦和の世界

（一）

南邦和（一九三三〜　）という一人の詩人は、二つの「ふるさと」を持ち、二つの「ふるさと」に引き裂かれている。

それは、一九四五年八月十五日を境に、日本の植民地から解放されて「光復」を迎えた朝鮮咸鏡南道の咸興と、太平洋戦争で無条件降伏をして敗戦国となった日本へ引き揚げてからの、父親の「ふるさと」である宮崎県南部の日南宮浦である。彼は、このとき十三歳であった。

彼は、二つの「ふるさと」を故郷と原郷と名づけているが、この二つの「ふるさと」は決して彼を慰めず、また安息させない「ふるさと」である。では、彼にとって「ふるさと」とは何か。第一詩集『円陣パス』（一九六五年刊）にある「帰郷」を見てみよう。

帰郷

ふるさとは　いま
おれの目の中にある
熱帯樹の葉蔭にまぶしく光る
陽炎の時間となって
ふるさとは　いま
おれの掌の中にある
秘密のようにじっとり汗ばむ
少年期の記憶となって。

おれがふるさとを見失っていた数年間
たった一枚の紙切れが

あっけなくおやじを殺した
おふくろの額に苦悩を刻んで
おもいおもいの道を走って去った
カラマーゾフの兄弟たち
ふるさとの空は
きょうも底抜けの蒼さだ。

剃刀のようにおれは街を歩く
とぎ澄まされた悲しみを抱いて
前科者をむかえる親戚たちのように
このあかるい歩道は
よそよそしくおれを見つめる
強姦された少女の傷痕を覗くように
ふるさとは　いま

おれの不幸をはげしく抉る。

ざらざらと砂を噛む悔恨となって
ふるさとは　いま
おれの舌の上にある。

この詩は、引揚げのときの帰郷を書いたものではない。高校卒業後に宮崎家庭裁判所に採用されたのち、東京最高裁判所書記官研修所速記部に入所。卒業後、大阪地方裁判所、横浜地方裁判所、鹿児島地方裁判所と勤務したあと、家庭の事情で宮崎に帰郷した時期のものである。だが、十三歳で引き揚げたときと同じく、彼は異質な帰郷者だった。

（二）

詩人の小野十三郎は、かつて「慰安の欲求としての郷土は郷土に値せず」と言った。この言葉を援用するなら、南邦和にとっての「ふるさと」は、初めから慰安を与えてくれるものとしては存在しない。それでも「ふるさと」があるとすれば、それは「ふるさと」を求める激しい飢餓の内にしか存在しない。敢えて言えば、飢餓そのものが「ふるさと」かもしれない。

旅人の目には、のんびりと穏やかに映る宮崎の風土と同じく、人々も、のんびりと穏やかに映るようだが、案外と他所者や異質なものに対しては排他的だ。これまで見てきた真田喜久代や金丸桝一の場合を考えても、それは明らかだ。明るい太陽の影が濃いように、明るい風土にひそむ影の部分は意外に陰険で陰湿なものを隠している。それは同じ県内の県北から県南に移住した私にも強く感じられるものだ。

異邦人

ボクノ目ニ
見知ラヌ港ガ映ッテデモイルヨウニ

ボクノ唇ニ
耳ナレナイ歌ガ刻マレテデモイルヨウニ
不信ノ目クバセヲカワシナガラ
ボクノ座標ヲトリマクキミラハ
不気味ニヒカル兇器ノヨウダ。

…（中略）…

ドウシテナノカ
ボクモキミラモ　オナジ風景ノナカニ住ンデイナガラ
顔ヲ寄セアウ秘密モ
肩ヲタタキアウ約束モナイ
ボクヲフリカエルキミラノ目ニハ
異教徒ヲ見スエルトキノ憎悪ノ城ト

拒絶ノ旗ガカクサレテイル。

キミラノ背後ニハ　カスカニ
ナツカシイ父祖ノ匂イガスル
ボクハ　タシカナ予感ヲ抱イテ
ヒッソリト近ヅイテユクノダガ
キミラハ　ケモノノ本能デ　タチマチ
ボクノ孤独ノ正体ヲカギワケ
藪ノ奥フカク姿ヲ消シテシマウノダ。

カタカナ書きで綴られることで、カタコトのように見える日本語。この土地の人々に異邦人のように見られている自分を戯画化することで、「ふるさと」のもつ排他性や陰湿さを告発しているのだ。自らの生誕の地ではないが「カスカニ／ナツカシイ父祖ノ匂イガスル」土地なのに、である。その疎外感からくる不信は、南邦和に不信の目を向ける者たちに向けられる。つまり不信と不信がぶつかることになる。

（三）

帰郷以来、逃げ水のような「ふるさと」を追いつづける南邦和は、様々な分野の文化活動に積極的に関わってきた。それはまるで、何としても宮崎に根付こうとする行動のようにも見えた。しかし、そこで彼を支持したのは、いわゆる宮崎人ではなかった。彼を支持し協力していた人々は、ほとんど皆が移住者であり帰郷者だった気がする。そんな彼らの活動が宮崎の文化を下支えしていたことに対して、地元で生まれ育った、いわゆる「地ゴロ」は冷ややかだったようだ。そのような生活の中で、彼に偽善を告発する強烈な意志が生まれても不思議ではない。「告発のバラード」という、そのものずばりの詩を見よう。

告発のバラード

告発する
おまえをおまえをおまえをおまえを
おまえにつながる
父を母を兄弟姉妹たちを
素性の知れぬ多くの親戚たちを
おまえのすべての血脈を
おまえの自尊心を正義感を夢想癖を
おまえの唾液を声帯を体臭を。

……（中略）……

告発する
空を樹木を花々を鳥たちを
小さなものたちの不逞の企らみを

もののいわぬものたちの生命の軽さを
額縁のなかの山をサングラスの奥の湖を
水のない川をたぎる海を爆発する雲を
地平線に沈む悔恨の色彩を
水平線の真下の断絶を。

告発する
人間につながるすべてを
とめどなく　告発する
底知れず　告発する
怒りをこめ憐憫をこめ涙をこめ　告発する
告発の果ての静寂を見るために　告発する
ひと握りの真実をのぞくために　告発する
告発するおれを　告発する

陰険陰湿な風土のすべてを告発し、告発する自分自身さえ告発するという激越さ。この激越さもまた、愛憎相半ばする心情からきているのだ。本来、嘘をつかない自然、すなわち山川草木、鳥獣虫魚までを告発するというのだ。それほどまでに彼を追いつめる側面を「ふるさと」がもっているということの証しである。しかし、この告発は、のちに自らの憎悪を超え「神話のふるさと」などいうキャッチフレーズのオブラートに包まれた高千穂の土呂久で起こった亜ヒ酸鉱毒事件、平和の塔と呼ばれている、かつての八紘一宇の塔の来歴、山陰一揆の真実など、社会性をもつ詩作へと展開をみせるのである。

（四）

もっとも新しい詩集に『神話』（二〇〇八年刊）がある。二〇一二年以来、「古事記編纂一三〇〇年」というキャッチフレーズで、宮崎は「神話のふるさと」を宣伝している。この宮崎は紀元二六〇〇年、置県一〇〇年、そして今また置県一三〇年といった具合に、神武東征からはじまる神話をもちだしてくる風土でもある。こうして安易に神話を喧伝する風潮に対して異を唱えたのが南邦和の『神話』である。詩集出版の意図を彼は、あとがきで「単に地元日向の地に伝えられている「日本神話」のみを指すのではなく、「八紘一宇」の塔の背後にも（大東亜共栄圏）という歪められた神話があり、日本の現代の神話がある…との思いからである。私の作品が、必然的に叙事の方向へと向かう詩的衝動の背後には、近現代史への歴史認識という鏡に私なりの自己認識があるような気がする」と記している。

植民者の息子、引揚者として被った様々な受難が、南邦和を創ったのだ。それは、生まれ故郷である北朝鮮の咸鏡南道の咸興を原郷とし、疎外感に苛まれながら生きた宮崎を「ふるさと」としなければならない彼の、痛ましい経験から紡がれた精一杯の「ふるさと」へのエールである。このエールは宮崎の現状のみならず、ふたたび無辜の人々が受難に合わないようにとの、日本の現状を踏まえた逆説的な愛の告発である。「九条—自伝風に」という叙事詩の一部を引いておこう。彼の切なる平和への願いが聞こえるはずだ。

九条　自伝風に

(新制)の冠を頂いた校舎もない中学校で
ぼくは「あたらしい憲法のはなし」を学んだ
復員兵の代用教員が黒板に書いた
主権在民　民主主義　国際平和主義
そのチョークの文字をいまも覚えている
軍国少年から憲法少年への転身だった
ぼくらの頭上には見たこともない青空があった

……(中略)……

「戦争放棄」の憲法第九条は
青年教師の白い体操着のように眩しく

田舎芝居の国定忠治の科白にさえ
マッカーサー元帥と憲法九条が
アドリブで飛び出す時代だった
食糧難の苦しい日々はつづいたが
だれもかれも　底抜けに明るかった

…（中略）…

ヒロシマ・ナガサキの　そしてオキナワの
死者たちに誓って第九条は生まれた
アジアの民への贖罪と慰藉の証として

…（中略）…

九条は　日本人同士の約定ではない
アジアの民への　世界への誓約なのだ

大山鐵也の世界

（一）

宮崎市西部の山峡の町、野尻町紙屋に、まさしく山川草木・鳥獣虫魚に寄り添いながら生きて、ひっそりと詩を書きつづけた詩人がいる。大山鐵也（一九一九〜二〇一二）である。晩年の十六年を交流する機会に恵まれた。その静けさに満ちた立居振る舞いの美しさと穏やかな話しぶりには格別の品性が備わっていた。おまけに双眸が幼児のように澄んで輝いていた。この詩人のまわりには純粋なオーラがあり、そのために自然が輝いていると思わせるほどだった。忘れ難い詩人である。だからと言って彼に苦難の時代がなかったわけではない。

「山峡の里(1)」という詩を読んでみよう。

山峡の里（1）

復員したばかりのぼくは
母と稲を刈っていた
と
どこからともなく
鳶の群れがあらわれ
上空を輪舞しはじめた
鳴きかわす哀切な調べが
山峡の里にひびきわたった
ぼくらは畔に腰をおろし
青空をあおいだ
敗残の
創痍にふりそそぐ

やわらかな光
ぼくは　羊水の底から
明るみをみつけたような
安堵感に充たされていった
やがて
いずこともなく去った鳶の
鳴き声の余韻にひたりながら
この里に
ぼくは蘇った

そして　半世紀
冥界の母よ
あなたとあおいだ空は
きょうも青いが

鳶の声をきかなくなって
もう久しい

この詩には、「復員《太平洋戦争に従軍し、敗戦により召集を解かれ一九四六年(昭和二十一年)、中国より帰還》という注記がある。

大山もまた、青年期を戦争に翻弄されて生きた一人である。彼が山峡の里に帰還した同じ時期に、南方戦線で戦死した弟は「一塊の石として帰ってきた」と、ある詩で記している。つまり遺骨はなかったのだ。この弟をはじめ多くの戦友を悼んだ作品や戦地の悲惨な生活をテーマにした作品を数多く書いている。その中の一つに「虫の音」という詩があり、「戦争という人間の所業にかかわりなく/虫には虫の世界があるのだ/この草原を埋めつくすほどの虫がいて/こんなに壮大な生を営んでいるのだ」と書きつけている。悲惨な戦地で虫の音を聞いて発見した認識だ。大山は、この認識を生涯かけて深めていったのである。

（二）

かび

ぼくは皮膚の一部に
かびを養っている
それはまだぼくが若く
驕慢な愛国の情におぼれ
大陸で戦っていた日
ひそかに侵入していたのだ
栄光の日　それは忘れられ
絶望の日　それは芽ぶき
故国に辿りついたときから激しく
自己存在を主張し始めたのだ

ぼくにやっきになって
消そうとつとめたが
どんな劇薬にも耐えて
しぶとく生き続け
それがまるで特権でもあるかのように
ぼくの体に棲みついてしまった
戦後でないという今日
彼は安らかに冬眠し
ものみな芽ぐむ日に目覚め
もうぼくが若くないように
与えられた皮膚の小部に満足し
痕跡のように生きていて
弱々しく語りかけるだけだ
ぼくは素直に聞いている

弱々しくてもその語調には
あの悪夢の日の罪業が鋭く
告発されているのを……
ぼくは彼を
養い続けなければならないだろう
いや　それはぼく自身のものであり
ぼくの亡ぶときに亡ぶもの
と言うべきであろうか

この作品は一九六七年（昭和四二）地元新聞の詩部門で読者文芸賞を受賞し、第一詩集『天の声』（一九七二年刊）に収められている。

ここで大山に巣食っている「かび」とは何か。大森一郎の「貝殻」にあった「生きているかぎりは／終わらないものによって／生はうながされる」という二行を想起する。「かび」は大山にとって、生涯の負荷となったものの比喩である。では、その比喩された負荷とは何か。それに一言で言い表すことにできないが、弱々しく語りかける「なび」が告発する「悪夢の日の罪業」、つまり「戦争という人間の所業」である。「かび」を養いつづけるということは、はからずも戦争に加担してしまった自己を告発しつづけるということだ。それは、罪業・所業を国や時代に転嫁しない彼の誠実さの表れだろう。そして、「それはぼく自身のもの」であるとする責任の取り方である。

こうした責任の取り方を、一体、どれほどの人がしただろうか。もちろん、一人で負いきれる罪業・所業ではない。しかし、大山鐵也は自分自身が生きている限りは負おうとしている。そして赦しを乞うような詩作は、彼の愛した小動物や昆虫、草や木を通して、祈りとなっていくのである。

（三）

最後の詩集『スカンポ・ストリート』（二〇〇八年・本多企画刊）の「あとがき」で大山鐵也は、「わたしは生まれそだった山里に住んでいる。…（中略）…／ふだんは、冬季をのぞいて、草むしりや庭いじりを日課のようにしている。単調な労働にすぎないが、元気のもとになると思えば苦にならない。むしろ、それを楽しむように心がけている。すると青菜や花や木々も生き生きとそだつからうれしい。／／わたしは今、しきりに〈いのち〉を思う。／ふと気がつくと、まわりの生きものたちに心をよせている自分がいる。道端などでふだんに見られる草。虫や鳥。その〈いのち〉にふれ、ふさわしい表現ができないものか。たとえば、「草詩」とでもよべそうなもの。」と述べている。

晩年に至って、大山が詩に求めたものが、「草語」「草詩」という羞いをふくんだ造語によって、つつましく差し出されている。

たまに所用があって訪ねると、山峡の「スカンポ・ストリート」と名づけた散歩道を教えてくれたり、庭に生えた草花のことを話したり、モグラのことや蟻のことなどを話してくれたりした。それからまた座敷の机の上に、植物図鑑・昆虫図鑑・鳥類図鑑をひろげ、時間のたつのも忘れて語り合った。私も好きなので、用件はあとまわしという具合だった。そうした時間を共有しているとき、彼は、とても幸福そうだった。私は、彼の来歴を想い、彼の苦悩や悲しみが、それら草や虫、鳥や花によって濾過され、次第に浄化されているのだと思った。かてて加えて山里の光や風に洗われた彼の詩精神が、ますます澄んでいったのが感じられたものだ。

無いといえば無い、有るといえば有る自然の中の暮らし。私たち人間がいなくても自然は存在し、草木や鳥獣虫魚は生きられるが、自然がなければ人間は一日たりとも生きられない存在だ。こうした自明なことに気づくとき、人間は自然に、人間以外の存在によって生かされているのだということに初めてのように気づく。そして、自らを生かしてくれている〈いのち〉の数々に愛しさが湧いてくる。〈いのち〉の豊饒さに感謝の念が湧いてくる。「ふるさと」への愛憎などと言ってみても、結局、人間世界のことだ。すべての愛憎・悲哀も人の世のこと。我執を捨て全的に自然に委ねられれば解放されるのだが…。

（四）

草のつぶやき

にんげんはぼくらに
かってに名前をつけて呼ぶ
ヒメユリだの　ヘクソカズラだの

雑草をとる　むしる　ひく　ぬく
と　ぼくらを目のかたきにするが
ぼくらがいなくなったら砂漠だ

ぢみで　しっそだけど　昔から
このくにの人たちのこころをとらえ
迎えられたなかまもいる
歌によまれ　季語になった

それは　なかまが

ひと　いやし　たのしませる
なにかをもっているからだろう

でも　かってに名前をつけられ
ただ　見られるだけのぼくらでは
決してないんだ　お日さまのもとで
ひっしに生きているんだ

どんな手もかりず
みずから　芽ぶき　花をつけ
実をむすぶため

この、草になり代わっての呟きは、まさしく大山鐵也が求めた「草語」だろう。のちには「草詩」と呼べるようなものを、と述べているが、彼の究極の願望は、草になりたいというものだった。死後は人間以外のものになりたいという願いだった気がする。それは、やはり戦争に加担したという罪悪感からきているのだ。そして、人間優位の世界観に疑問を投げかける。彼は戦争や環境破壊に正面きって抗議することはなかったが、晩年に至って、あきらかに草や昆虫の代弁者たろうとしていた。

蟻と黙禱

黙禱をつげるチャイムが鳴りひびく
長崎に原爆が投下された時間だ
畑の草をとっていたぼくは立ちあがり
汗をぬぐい　ナガサキの方向にむかって
目をとじ　手をあわせる

チャイムのかすかな余韻も消え

ふと見やると　一匹の蝮だ
作業衣の胸のあたりを
もぞもぞ動きまわっている
ぼくはおもわず　胸のなかで声をかける
「気の毒だったな
人間どものばかな所業で
お前の先代たちまで犠牲にされて
その強い〈いのち〉の力で　もう
あの地に甦っているだろうけれど
さぁ、おかえり　元気でな」
ぼくは蟻を　そっとつまんで畑にかえす
一匹の蟻が　ぼくといっしょに
黙とうしたかどうかはわからない　ただ
その時間を共有したのは事実である

蟻への謝罪が、そのまま人間の所業に対する抗議となっているところが胸を打つ詩だ。

（五）

大山鐵也という詩人は「やせ蛙まけるな一茶ここにあり」と詠んだ小林一茶に似ていると思う。一茶もまた、若い時分にさんざん苦労した果てに田舎に住んだ。そして「ふるさとや寄るもさはるも茨《ばら》のはな」「蟻の道雲の峰よりつづきけん」「大の字に寝て涼しさ寂しさよ」というような秀句を残した。おそらく、大山は一茶を愛したと思われる。自然との親和力を増していった。

冬いちご

落葉をふみしめてゆく道ぞいに

色づいた冬いちご
ちいさなひとつぶひとつぶに
一点の光をともして　いとおしい

そんなわたしは　明日はもう
この地上から消えうせているかもしれない

ふしぎといえばふしぎ
あたりまえといえばあたりまえのこと

手にとればぱらぱらと地にかえってゆく
あかい実

最後の詩集『スカンポ・ストリート』の最後に置かれた詩である。いのちの光を宿す冬苺の実の一粒一粒を愛しみ、愛しむからこそ、死もまた愛しむことのできる心境に達している。生死一如は苺も人間も同じこと。「ふしぎといえばふしぎ／あたりまえといえばあたりまえのこと」だが、人は死を、あたりまえのこととして受容する心境には中々なれないものだ。だが、大山鐵也には受容する準備が出来ていたと思われる。それは何故か。

彼は小さな山峡の「ふるさと」の自然に、自らのいのちの全権委任をしたのではないか。悔恨も悲哀もふくめて丸ごと自然にゆだね、憎悪することがなかった。多くの詩人たちが愛憎のアンビバレントに苦しんだことを思うと、これは稀有のことだ。

彼が、戦争に生き残った疚しさを抱えつつ自然と親和できたのは、厳しく己れを律し、人間優位の世界に対する問いを手放さなかったことにあると思う。人間であるがゆえの苦しみは自分自身のものであり、自然や風土に帰するものではないという認識があったからである。大山鐵也の静かな観照の世界は、彼が信じて疑わなかった「ふるさと」の自然が創ったと言っても過言ではないだろう。

彼は自らの傷をも、野菜を育てるように慈しんで育て、最期に安心を得たと思いたい。

終わりに

二〇一四年は第一次世界大戦から百年の年だった。この第一次世界大戦からの百年は、急速な近代化に比例して、戦争の形態も、それ以前の戦争とは全く異なる様相を呈するものとなった。中でも核兵器の出現は、誰でもが人類の破滅を現実的なものとして想像させるに充分なものであった。しかし、人間の限界を超える兵器を創出した人間は、二十一世紀に突入してもなお、未だに核兵器を抑制・廃止する方向には進んでいない。また一方、人口爆発による自然破壊とエネルギー資源の枯渇を考え併せると、人類滅亡の危惧も、一層、現実味を増してきたと言わざるを得ない。地球が誕生して四十六億年、その地球に人類が誕生して二十万年。そのうちの百年が、未来にとって、どういう意味を持つのだろう。

奇しくも今年は第二次世界大戦が終わって七十年。この間にも朝鮮戦争をはじめ、ベトナム戦争、東西冷戦によるキューバ危機、湾岸戦争など、戦争は間断なくつづき、今またテロや迫害が頻発し、人種差別は再燃し、貧民や難民が増大している。かてて加えて、ロシアのクリミア併合とウクライナ紛争、イスラム国による人質殺害など、世界はますます危機に満ちていく。また我が国では第二次安倍内閣が発足し、集団的自衛権という名の戦争容認の風潮が高まり、特定秘密保護法という名の思想統制が現実味を帯びてきた。戦争放棄をうたった憲法九条が、語呂合わせでなく「窮状」に陥っている。つまり、思想の自由や表現の自由、あるいは集会の自由を基本とした民主主義が危機に瀕しているのである。

こうした状況の中で、それでも希望を抱きつづけるにはどうすればいいか。私たち一人一人の自覚と覚醒が求められている。私たちは困難な現実世界で起きる、さまざまな災厄の隙間から小さな草の芽のように伸びてくる希望を紡ぎつづける必要がある。ささやかに慎ましく生きている人々の声や眼差しに学ぶ必要がある。

ところで、フランシス・ポンジュは「人間の未来は、人間である」と述べている。この人間という語を草木や鳥や虫などの語に換えてもいい。それらの未来を奪うことは人間の未来を奪うということと同義だ。いずれにしても人間をふくむ世界の未来は、ひとえに人間にかかっている。「詩の中の戦争と風土」で取り上げた十一人の詩人たちが、生涯を通じて発しつづけた痛切な問いの有効期限は、今なお切れていない。

後記

本書は二〇一二年十一月から二〇一四年四月にかけて、「詩の中の宮崎」と題して朝日新聞宮崎版に連載したものである。単行本化にあたりタイトルを『詩の中の戦争と風土——宮崎の光と影』と改題した。それは稿を書きすすめていくうちに、詩人たちの詩作品の背景に戦争と、愛憎相半ばする風土へのしがらみが抜きがたく存在しているのに気づいたからである。つまり戦争体験と風土のしがらみを内包しつつ、それぞれの立場で真摯に自らの詩を紡ぎつづけた詩人たちの営為を、より明らかにできるのではないかという思いからである。

それはさておくとして、連載は、当時、朝日新聞宮崎総局長だった神谷恵氏の御厚意で始まったが、氏は第一回の掲載を待たずに転勤になった。次いで阿部浩明氏が赴任されたが、途中、病気のために休職された。その後、現在の今井清満氏に引き継がれて、何とか責任を全うすることが出来た。御三方に心からの感謝と御礼を申し上げます。

なお、単行本化するにあたって、少々の加除訂正を加えたことを付記しておきます。

二〇一五年夏

著者

略歴

本多　寿（ほんだ・ひさし）

一九四七年宮崎県延岡市生まれ。

詩集『避雷針』（一九七八）『聖夢譚』（一九八四）『果樹園』（一九九一）『草霊』（二〇〇八）『草の向こう』（二〇一三）他。

評論集『詩の森を歩く―日本詩と詩人たち』（二〇一一）他。

現住所　〒八八〇―二二一一　宮崎市高岡町花見二八九四

詩の中の戦争と風土――宮崎の光と影　南方新書1

二〇一五年八月一五日初版発行

著　著　本多　寿© Honda Hisashi

発行者　本多　寿

発行所　㈲本多企画

〒八八〇―二三二一宮崎市高岡町花見二八九四

電　話〇九八五―八二―四〇八五

FAX〇九八五―八二―四〇八七

印　刷　宮崎相互印刷

製　本　梶本製本

定　価　一〇〇〇円＋税

落丁本・乱丁本はお取り替えいたします。　Printed in Japan

ISBN978-4-89445-481-1 C0095